나를 지켜준 편지

나를 지켜준 편지

김수우 · 김민정

20대 청년과 50대 시인,
지역서점 백년어서원에서 두 여성이
주고받은 10년의 기록

질문을 소홀히 하지 않는다면
얼마나 눈부신 진실들이 우리를 따뜻하게 할까요

일러두기

1. 백년어서원은 김수우 시인이 2009년 부산의 원도심에 문을 연 지역 인문학서점이자 글쓰기공동체이다. 자기 생각을 자기 글로 표현하는 삶이 인문적 성찰과 실천을 낳는다는 믿음으로, 우리 사회에 절실한 공감 능력을 키우기 위해 읽기와 쓰기, 다양한 공부 모임을 열고 있다.
   '물고기가 사는 곳에 사람이 삽니다'라는 생태적 가치를 디딤돌로 삼고 있으며, '환대'를 인문 실천의 등대로 삼고 있다. 매해 일반시민을 대상으로 '백년서평'을 공모하고, 시민들과 함께 계간지 『백년어』와 주제가 있는 단행본 '개똥철학' 시리즈를 발간한다.
2. 이 책은 백년어서원에서 발행하는 계간지 『백년어』에 1호(2009년 가을)부터 35호(2018년 가을)까지 실린 김수우, 김민정 두 사람의 글을 간추려 한데 묶은 것이다.

막막한 일상 속 등대를 찾는 신호

계절마다 한 번씩 편지를 썼다. 스물다섯에 시작하여 벌써 10년이 되었다. '청춘'의 물음을 던지는 역할을 부여받고 시작한 일인데 늘 그 시기에 마주한 질문을 꺼내 놓기 바빴다. 때로는 끙끙 앓던 고민을 터놓기도 했고, 때로는 고해성사 대신이기도 했고, 막막한 삶의 한가운데서 등대를 찾는 신호이기도 했다.

원고를 보낸다는 핑계로 "선생님" 하고 부르며 시작하는 편지를 쓸 수 있음이 내 청춘의 커다란 축복이었다. 이메일로 '상수리가 은사시에게'에 실릴 글을 보내 드리면 '은사시가 상수리에게' 쓴 글은 우편 배송된 잡지로 받곤 했다.

『백년어』 잡지가 도착한 날이 곧 답장을 받는 날이었다. 선생님의 글 속에는 매번 끌어안고 싶은 문장들이 숨어 있었다. 몇 번이고 다시 읽으며 문장에 매달려 지내기도 했고, 반짝이는 등대 불빛으로 삼기도 했다.

그러니까 편지를 쓰는 일은 내게 곧, 선생님을 맘속에 품고 지내는 일이었다. 취업, 결혼과 같은 삶의 장과 막을 넘기는 일을 치를 때마다 선생님께 편지를 쓰며 부끄럽지 않을지 생각했다. 그것이 내게 가장 중요한 삶의 방향성을 찾는 일이었다.

직업인으로서 사는 일은 자본주의를 살아 내는 일이었다. 인문학적 자아가 휘둘리기 쉬웠다. 숫자 앞에 내몰리고, 시간은 숨가쁘게 흘렀다. 그래도 계절에 한 번, 편지를 쓰는 것으로 환기하는 시간을 가졌다. 때때로 벅찼지만 선생님께 편지를 쓰는 자아는 내가 가장 지키고픈 내 모습이었다. 일상에서 가다듬는 노력이 부족할지라도 선생님께 글을 쓰는 내가 시간의 축적과 함께 단단하게 영글기를 바랐다.

어느덧 나도 어른의 축에 들어섰다. 오늘도 선생님을 마음에 품고 꼰대가 되지 않으려 애쓴다. 형형한 눈빛으로 삶을 먼저 살아 본 자의 지혜를 나누어 주는 사람. 선생님을 떠올리며 좋은 어른이 된다는 것을 구체화한다.

첫 원고를 보내 드렸을 때, 선생님은 '가장 중요한 지혜는 시간이니만큼 꾸준히 한다면, 체리같이 작지만 새콤한 열매를 거둘 수 있지 않겠느냐'는 답을 주셨다. 10년의 세월이 지나고 이렇게 책이라는 열매를 맺으려 한다. 어린 나의 글은 부끄럽지만 선생님의 글은 그때의 나처럼 불빛을 찾는 청년들에게 가닿아 더 큰 의미를 발현할 거란 믿음으로, 내 청춘의 편지를 세상에 보낸다.

김민정

함께한 눈부신 10년

부산 원도심 쇠락한 골목에 백년어서원을 연 지 꼭 10년이다. 2009년, 문학이 어떻게 사회에 참여할 것인가를 두고 고민하다가 작은 장소를 마련, 사람들과 공부를 시작했다. 읽고 쓰는 일에 집중하면서 이 시대가 필요로 하는 가치를 나누고자 했다. 가난한 자에게 이슬이 달듯, 고단한 가운데서도 이곳은 소박한 기적들로 하루하루 채워졌다.

글을 쓴다는 것은 자신을 성찰하는 힘을 말한다. 이 성찰이 실천으로, 이 실천이 공존의 가치로 이어진다. 모든 고뇌와 발견은 공감의 상상력이 된다. 공감하는 감수성만이 사랑을 발견하고 공존이라는 비전을 선택한다. 때문에 모든 공부의 정점은 글쓰기일 수밖에 없었다. 백년어서원이 글쓰기공동체를 지향하고, '자신의 생각을 자신의 글로 표현하는' 계간지 『백년어』를 아무리 현실이 버거워도 발간해야만 하는 이유였다.

그때 김민정 씨를 만났다. 법대 졸업을 앞둔, 유달리 영민한 눈빛을 가진 그녀는 고뇌하는 청춘이었다. 법을 공부하면서도 미디어에 관심이 있었는데, 그 까닭은 사람 만나는 일이 너무 좋다는 것이었다. 그 이유가 내 가슴에 아직도 유리구슬처럼 반짝인다. 사람을 좋아한다는 것, 세상에 그만한 큰 소명이 있을까. 이후 편지를 나누며 민정 씨의 '감동벽'이 훨씬 깊고 따뜻한 것임을 이해했다.

민정 씨의 진솔함에 끌려, 창간호부터 우리 둘은 편지를 시작했다. 30년 가까운 세대 차이가 있지만, 동시대를 함께하는 삶과 꿈은 서로 닮았고 서로 절실한 것들이었다. 세대 격차로 분리되는 게 아니라 시대를 함께 공유하고 함께 책임지고자 고민했다.

이 책에 담긴 나눔들은 '인간이 고뇌하는 별'임을 충실히 보여 준다. 극단적인 물질시대를 살아가지만 어떻게 서로를 격려하고 서로를 믿을 것인가, 인간을 인간답게 지키는 건 무엇일까, 그 영성적 가치를 기억하고자 했다. 편지를 나누는 10년, 어린 민정 씨는 아프기도 했고, 먼 여행을 떠나기도 했고, 직장을 옮기거나 쉬기도 했고, 또 결혼도 했다. 그녀의 성장은 내게도 경이롭고 숭고한 순간들이었다.

백년어서원을 경영하는 동안 내게는 사람이 곧 기적이었다. 인문학의 책임은 점점 무거웠지만, 많은 사람을 만났고 많은 사람에게서 배웠다. 사람들이 길이었다. 좋은 글이나 큰 풍경을 보면 꼭 보여 주고 싶은 마음이 일던, 민정 씨도 새 울음 가득한 오솔길이다. 살면서 서로 디딤돌이 된다는 것은 얼마나 눈부신 기적인가.

이 책이 다가가는 모든 사람에게 말랑말랑한 식빵 같기를, 아무렇지 않게 낡은 서랍 속에 놓인 은빛 클립 같기를, 별거 아니지만 가까이 둘 수밖에 없는 특별한 선물 같기를, 무심히 마주 보고 서서 자라는 두 그루 나무 같기를. 기도하는 마음이다.

백년어서원 창가에서

김수우 두 손

차례

둘. 씩씩하게 살아가는 시간

셋. 세상을 이해하는 시간

넷. 좋은 어른을 고민하는 시간

다섯. 책으로 성장하는 시간

하나。

진짜 나를 알아가는 시간

숫자를 좋아하는 시끄러운 세상에서

선생님, 올해 스물다섯, 저는 대학 전공 공부를 그만두기로 결심하고 새롭게 생의 방향을 정했습니다.

학창시절 내내 저는 장래 희망란에 '법관'이라는 직업을 한결같이 적어 냈어요. 초·중·고 12년 생활기록부 전체를 펼쳐 놓으면 복사하기, 붙여 넣기 한 듯 보이겠죠. 그 길을 가야만 밥벌이 이상의 의미 있는 삶을 살 수 있고, 그것만이 제가 걸을 유일한 인생행로라고 생각했어요.

아마도 경찰 공무원이었던 아빠의 영향이 지대했을 거예요. 당신 스스로 직업에 대한 자부심이 강하셔서, "딸 셋이 판사, 검사, 변호사로 한 법정에 서는 것을 보고 싶다"라는 드라마 같은 꿈을 때때로 저희 자매에게 이야기하셨으니까요.

두 언니는 저보다 한발 앞서 법대에 진학했고, 저도 당연한 수순인 듯 법대에 진학하기까지 망설임이 없었죠. 그러나 밥 먹는 시간, 잠자는 시간도 줄여서 매달려야 하는 학습 노동에 저는 결국 지쳐 버렸어요. 법서만 잡고 씨름하는 것이 무의미하게 느껴졌어요.

세상에 대한 호기심, 희망 같은 것들이 모조리 그 안에 갇혀 버렸다고 여겨지는 순간을 맞았죠. 사실 법을 배우는 일은 삶에서 희망보다 절망을 더 많이 들여다봐야 했어요. 사건, 사고, 분쟁…, 법은 절망의 경계에서 정의를 구현하는 일이니까요. 의사가 아픈 사람을 건강하게 회복시키듯, 법조인은 정의를 실현하기 위한 희망을 품은 동시에 절망하는 사람들을 끊임없이 지켜봐야 했어요. 삶의 경계에 서 있을 수밖에 없었죠. 저는 공부할수록 그 무게를 견딜 자신이 없어졌어요.

결국, 대학 4년 차에 저를 행복하게 하는 일이 무엇인지 처음부터 다시 생각하기로 했어요. 다양한 문화 콘텐츠에 관심이 많고 타인과 교감하는 걸 좋아하니까 '문화'와 '소통'을 키워드로 삼아야겠다 마음먹었지요. 직업으로 따지면 '미디어' 쪽이 딱 맞겠구나 싶었어요. 바로 다큐멘터리를 기획해 영상 작업도 하고 취재 활동도 시작했죠.

그렇게 남들 4년 인생을 한 해로 압축해서 살아 볼 생각에 여름이 오기까지 정신없이 바빴어요. 이것저것 배우고 여러 사람을 만나면서 이제야 진정 소통하며 살 수 있는 길을 찾았다 싶어 바쁜 중에도 행복했죠. 하지만 상반기 활동을 기반 삼아 밥벌이할 직업을 찾아야 한다는 중압감이 밀려오는 이 여름, 마음과 머리가 모두 시끄럽습니다.

'밥벌이 찾기'에는 왜 그리 많은 숫자가 필요할까요. 학점, 어학 점수, 자격증 개수, 주요 경력 사항 등 항목 수대로 온통 점수를 매기죠. 청년들을 수치에 맞춰 평가합니다. 젊은 우리의 판단도 다르지 않아요. 회사 규모, 연봉, 성과금…, 어린 왕자가 "어른들은 숫자를 좋아한다"라고 말한 것처럼 이것이 어른이 되기 위한 필수 과정일까요?

뜨거운 가슴으로 꿈을 외치고 가치를 찾는 젊은이로 당당하게 살아가고 싶은데 형편없이 모자란 저의 수치들이 뜨거운 여름의 길목에서 짐처럼 무겁게 느껴집니다. 뭐라도 해야 할 것 같은 중압감은 소음으로 다가옵니다. 도서관에 앉아 있어도 마음이 시끄럽고, 영화라도 한 편 보려 하면 이럴 시간이 어디 있느냐고 시계 초침 소리가 재촉합니다.

쌓이는 스트레스를 풀기 위한 저의 선택은 TV를 보고, 목청껏 떠들고, 수백 번의 클릭으로 인터넷 서핑을 하는 거였죠. 하지만 그럴수록 몸과 마음이 좀처럼 쉬지 못하고 내내 시끄러움에 시달렸어요. 본래 눈물도 웃음도 많고, 어울리기 좋아하는 저는 시끄럽게 감정을 발산하는 것이 자신을 위로하는 방법이라 착각했나 봐요.

그러다 빗방울이 조금씩 떨어지던 어느 여름밤 생각이 바뀌었어요. 집 근처에 벚나무가 양옆으로 50여 미터 남짓 이어진 길이 있어요. 주로 피곤한 몸을 이끌고 아무 생각 없이 걸어오거나, 택시를 잡아타고 그대로 지나쳐 올라오던

길이죠.

그날은 이어폰에서 흘러나오는 음악이 좋아 신발을 벗어 손에 들고 박자에 맞춰 걸어 봤어요. 조금씩 내리던 비가 온 세상 소리를 잠재운 듯 느껴졌죠.

한발 한발 내디딜 때마다 발바닥으로 느껴지는 땅의 기운에는 뜨거운 한낮을 견딘 강직함이 있었고, 바람결에 피부로 와닿는 빗방울과 짙어진 비 냄새에는 낭만적인 편안함이 있었어요. 이어폰 너머로 속삭이는 노랫가락 말곤 모든 것이 잠잠히 고요해졌어요.

그때 저는 건강하게 뛰는 제 심장 박동을 믿고 '꿈꾸며 살자'라고 생각했습니다. 가슴 뛰는 인생, 나를 살아 있게 하는 막연하지만 강렬한 그 꿈을 찾으러 나선 길에 백년어서원과 선생님을 만났답니다.

모두에게 분명한 삶의 목적은 '행복하게 잘 사는 일'이겠지요. 잘 살기 위해 누군가는 숫자를 올리려 부단히 노력할 테고, 열띤 운동으로 체력을 다지거나 기술을 배우는 등 모두 각자의 방법으로 삶의 시간을 보낼 거예요. 그런데 저에게는 그 시간이 마침내 가닿을 '가치'를 찾는 일도 중요하게 여겨졌어요.

그저 열심히만 살다 보면 세상의 아름다움, 나와 내 주변 사람들의 소중한 시간, 우리가 함께할 일들을 무심히 흘려버릴 테니까요. 가치를 더듬어 가며 살기에 현실은 너무 바쁘고 시끄럽지만, 고요히 집중하는 시간을 갖고 저만의 가치를 다듬어 보려 합니다. 온화할 민旼, 고요할 정靜을 쓰는 제 이름자가 이정표가 되어 주길 바라면서요.

백년어서원을 처음 찾았던 날, 목각으로 새겨진 '고요'라는 글자가 얼마나 반가웠는지 몰라요. 책들이 바다처럼 가득한 가운데 백년어들이 고요히 유영하는 이 공간이 제 꿈을 찾도록 도와주리라 기대하게 되었어요.

선생님이 내려주신 진한 커피 한잔 놓고, 한동안 고요히 집중하는 시간을 갖다 보면, 비 오던 여름밤과 같이 모든 시끄러움을 잠재우고 행복을 꿈꿀 수 있었어요. 오늘밤에도 그 시간이 그립습니다.

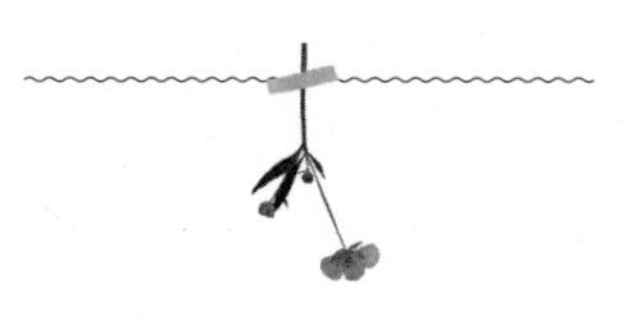

고뇌하는 일에
지치지 맙시다

민정 씨, 편지를 받고 반가워 주변이 자운영꽃밭처럼 환해졌습니다. 이렇게 마음 담긴 편지를 받는 일이 이제 쉽지 않은 일상인 게 현실인 까닭이죠. 앞으로 우리가 나눌 안부들이 따뜻한 음성으로 푸른 파문으로 번져 나가리라 믿어요. 민정 씨 생각을 읽으면서 우린 같은 것을 고민하고 있음을 깨닫습니다. 나도 올해 새로운 꿈을 열었습니다.

가난한 형편도 형편이지만 인문학도 잘 모르면서 인문학서점이자 문화공간인 백년어서원을 운영한다니 다들

간도 크다고 합니다. 문사철, 곧 인문학이란 지식의 영역이 아니라 결국 인간의 가치를 찾아가는 마음의 길목일 뿐이라는 소박한 믿음이 내가 앉은 툇마루입니다.

그렇게 뜻을 세우고 마음을 다잡지만, 어쨌거나 많은 사람을 만나고, 많은 생각으로 번잡하고 산만한 날들입니다. 아무리 주변이 복잡해도 항상 중심은 고요해야 한다 믿고 있었는데, 아직은 공부가 부족해 그런지 자주 신경이 날카로워지고 일에 대한 중압감으로 시달리네요.

최선을 다하던 전공을 접고 새로운 꿈을 갖는다는 거, 참 어려운 결단이었겠지만 그래서 우린 아름다운 존재입니다. 꿈을 꾼다는 건 그만큼 용기와 자신감, 신뢰를 필요로 하는 행동이기 때문이죠. 우리가 우리답게 진보하는 일, 우리의 영혼에 물을 주는 이 모험은 우리를 얼마나 진지하고 순수하게 하는지요.

그러기 위해서 고뇌하고 결단하고 책임지는 순간순간의 진정성은 또 얼마나 절실한 걸까요. 이상을 꿈꾸고 모험을 찾아 나서야 할 젊은이들이 밥벌이에 연연할 수밖에 없는 현실이 우울하고 답답합니다. 민정 씨가 말한 대로 자본주의가 만든 실용주의 가치들은 온통 숫자로 가득하지요.

고뇌하는 한 개인이 숫자의 광막함을 극복하기는 어려워 보입니다. 하지만 이러한 절망을 가로지르는 힘은 결국 한 사람 한 사람의 치열한 고뇌에서 출발할 수밖에 없지요. 고뇌하지 않으면 자신을 사랑할 수 없습니다. 스스로 사랑할 수 없다면, 숫자로 가득한 전체 문명사의 흐름도 결코 바꿀 수 없을 거예요.

삶 자체로부터 인간을 이해하려 했던 하이데거는 잡담과 호기심, 애매성으로 점철된 현대문명의 비본래적 자아를 걱정했지요. 그는 본래적 자아를 상실한 인간은 깊이와 전체성을 결여하고, 이는 다시 공허감과 권태로 연결되어, 계속 자극적인 삶을 추구할 것이라고 지적했습니다.

또한 그는 생의 중요한 양식으로 '실천적 배려'를 언급합니다. 불안한 '세계-내-존재' 속에서 인간은 '존재 가능성'을 끊임없이 염려하며, 궁극적으로는 자신을 염려하고 타인을 배려하면서 살아야 한다는 것입니다.

배려란 자기 외의 존재자를 향한 기본적인 관심이며, 배려라는 양식 속에서 인간은 진정한 자신과 타인을 발견하게 됩니다. 공허감과 권태 속에서도 우리가 타인을 배려하는 능력을 갖춘다는 건 얼마나 다행한 일이며 고마운 일일까요.

허나 중요한 건 결국 자신의 진정한 자아에 대한 깨달음이겠지요. 민정 씨가 버스나 택시를 타지 않고, 두 발로 걸으면서 새로운 내면을 발견했듯이 그 모든 성찰에는 고요가 필요해요.

내게도 그렇습니다. 요즘 나에게도 고요한 집중이 무엇보다 소중합니다. "모든 불행의 근원은 단 한 가지, 인간이 고요히 혼자서 자신의 방에 머물 능력이 없다는 것이다." 이는 파스칼의 말입니다. 스스로 고요할 줄 모르는 것이 모든 불행의 근원이 된다는 말은 얼마나 뼈아픈 의미일까요. 요즘 같이 무한한 정보로 끊임없이 들끓는 우리 마음을 생각해 볼 때 말이에요.

그런 점에서 민정 씨의 고민은 새로운 꿈의 첫걸음으로 참 지혜로운 것입니다. 고뇌하는 일에 지치지 맙시다. 그 모든 고뇌에는 답이 없습니다. 고뇌는 늘 새로운 고뇌를 만들며, 답은 늘 새로운 답을 만드니까요.

때문에 어떤 이들은 세계를 의문하는 일에 지치고 맙니다. 하지만 꿈을 꾼다는 건 의문하는 일에 지속적으로 충실함을 의미하지요. 그 의문들이 우리 삶과 영혼을 진화시켜 나갈 거예요.

중요한 것이 또 있습니다. 아무것도 안 하고 편히 있다고 해서 고요한 상태는 아닙니다. 많은 일을 하면서도 스스로 고요한 상태를 유지하는 법을 깨닫는 게 마음공부지요. 그건 '진인사대천명盡人事待天命' 같은 게 아닐까요. 내 삶에 최선을 다하면서 마음을 비워 놓는 일. 천명을 이해하는 일 말입니다. 그래서 연습이 필요한 것이겠지요.

우린 만난 지도 얼마 되지 않았고, 민정 씨와 나 사이에는 30년 가까운 시간 차이도 있습니다. 서울과 부산이라는 물리적인 거리도 있지요. 하지만 고뇌하는 인간, 꿈꾸는 인간으로서는 한 치 차이도 없다고 믿어요.

힘냅시다. 우린 얼마든지 따뜻한 이야기를 나눌 수 있을 것 같습니다. 우리가 이 세상을 사랑하는 한 말입니다. 건강 잘 지키세요. 소식을 기다립니다.

불안정한 청춘의 일과 직업

하늘이 시리도록 파랗고, 단풍이 빨강 노랑으로 익은 만추입니다. 가을의 색은 참으로 선명합니다. 선생님, 청춘의 날들을 보내면서도 저는 가을 내내 "청춘이 뭐지?" 하는 물음을 품고 있어요. 청춘靑春, 한자어 그대로 풀면 푸른 봄날이란 뜻이니 인생의 봄날을 일컫는 것 같긴 한데, 저의 봄날은 뿌옇게 흐려 있어 쉽게 오지 않나 봅니다.

언젠가 엄마랑 동네 뒷산에 올라 엄마에게 생애 제

일 좋았던 때는 언제인지 여쭤봤어요. 산길은 자연 속으로 나 있어서 그럴까요, 마음속 이야기도 편하게 드러나더군요. 매일 마주 보고 앉는 밥상 위에서는 낯간지러워 나누지 못하던 이야기를 앞뒤로 나란히 걸으며 자연스레 꺼내 놓았어요.

하늘에 맞닿은 길에서 엄마는 "네 나이 때, 20대"라 답하셨어요. 저는 화들짝 놀랐지요. 지금 이 나이가 제일 좋다니요. 그럼 20대를 보내고 나면 인생의 내리막길만 남게 되냐는 물음에 엄마는 당연히 그렇진 않다고 답하셨어요. 다만 무엇이든 도전할 수 있고, 할 수 있다는 희망이 충만한 시기라 좋았다 하셨죠.

고개를 끄덕이긴 했지만 물음이 가시질 않아요. 모든 것을 할 수 있는 시기라는 건 동시에, 아무것도 완성되지 않은 시기니까요. 할 수 없어서 포기하는 것과 할 수 있으나 못하는 것의 절망감을 비교하라면, 희망이 있었던 쪽이 더 크잖아요. 기대가 크면 실망이 크다는 말처럼 말이에요.

20대 청춘의 날들은 모든 방향의 '가능태'이지만, 한편으론 발아되지 못하고 말라 버리는 씨앗을 한 움큼 쥐고 그걸 바라볼 수밖에 없는 때라 여겨지기도 합니다. 꼭 원하는 씨앗이 움튼다는 법도 없고, 손안의 모든 씨앗에 대한 책임감이 무겁기도 하고요.

선생님, 여기까지 편지를 써두곤 마무리 짓지 못한 채 서울에 왔습니다. 어느새 시간이 한참 지나고 말았네요. 흰 눈 소복한 바깥 풍경이 그동안 훌쩍 바뀐 계절을 그대로 보여 줍니다.

졸업 학기였던 가을 내내 '학생'이기보다 '구직자'로서 절망을 거듭하던 차에, 좋은 기회가 주어져 서둘러 상경하느라 인사도 못 드렸어요. 사실 일자리를 구했다기보다는 현장에서 일하며 배우는 교육생이 되었어요. TV 방송 제작사의 취재 작가 활동인데 희망하던 미디어 분야의 일이라 열심히 배워 볼 작정입니다.

아침에 느지막이 출근하고 퇴근시간은 대중없는 일이라 하루 대부분을 노동 현장에서 보내요. 게다가 개인 시간과 근무 시간의 경계마저 모호해서 정말 이 일이 좋아야 하겠구나, 아니면 못하겠구나 하는 생각이 듭니다. 저는 5월까지 교육생 신분이라 많은 것을 배우고 경험하며 앞으로 어떤 길을 걸을지 판단해 보는 좋은 기회로 삼으려 해요.

그러고 보니, 하고 싶은 '일'은 많은데 막상 갖고 싶은 '직업'을 정하기는 참 어렵습니다. '하다'는 동사로 수식되는 '일'은 행동의 산출물인 데 반해, '갖다'는 동사로 수식되는 '직업'은 소유의 개념이잖아요. 일을 하는 것은 과정이라 여겨지고 직업을 갖는 것은 결과이지 싶어요. 그럼 직장과 직업이 정해져 내 것이 되어야만 청춘의 방황은 끝나는 걸까요?

문득 세상이 정한 청춘의 목표가 '안정' 하나로 귀결되어 버렸다는 생각이 들었어요. 안정을 보장하는 직장과 직업을 갖기 위해 제 또래의 수많은 청년이 자신의 꿈과 일을 일정한 틀에 맞춰 재단해야 하죠.

고백하자면, 저 역시 훌륭한 재단사가 되지 못한 것 같아 때때로 무척 괴롭습니다. 제가 꿈꾸고 가꾸려는 행복의 모양새가 너무 제멋대로인 건 아닐지, 세상이 말하는 행복의 모양을 재단할 능력이 부족해서 이렇게 변명만 늘어놓는 것은 아닐지.

그래도, 선생님. 저는 불안정한 이 청춘의 날들이 계속되었으면 좋겠습니다. 엄마가 기억하시는 인생에서 제일 좋았던 날들, 발아되지는 못했지만 손에 꿈이 쥐어져 있던 날들, 당장 직업이 없어도 이상하지 않고, 때로는 꿈을 찾아 먼 길을 돌아가도 용서받을 수 있는 날들.

그래서 저도 이 불안정한 청춘을 긍정해 보려고 합니다. 선생님의 청춘은 어떠셨나요? 과연 청춘이란 무엇이며, 청년이 가꾸어 갈 행복의 모양이란 어떤 것일까요?

서울에는 엊그제 내린 눈이 녹지 않고 하얗게 쌓여 있습니다. 부산에서 보기 드문 흰 함박눈을 보며 얼마나 설렜는지요. 바쁜 날들이지만 서울에서 여행하듯 살다 가자 다짐하곤 중고 필름카메라를 하나 구입했습니다. 서울에서 맞이하는 제 청춘의 계절이 찬란하게 찍히길 바라는 마음입니다. 겨울, 건강하세요.

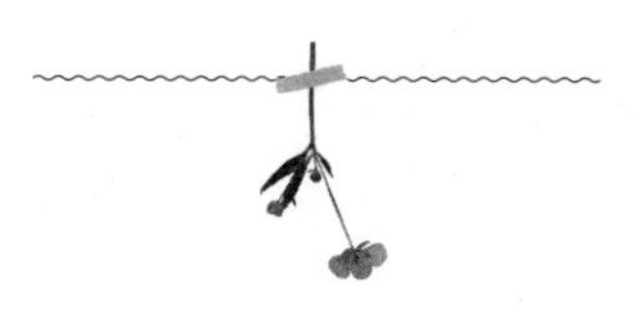

모험가이자 여행가로 살아요

학창시절, 교과서에서 「청춘예찬」이란 수필을 배운 적이 있지요. "청춘! 이는 듣기만 하여도 가슴이 설레는 말이다. 청춘! 너의 두 손을 가슴에 대고, 물방아 같은 심장의 고동鼓動을 들어 보라." 뭐 이렇게 시작되는 글이었어요. 정말 청춘이란, 발음 그 자체로 설렘과 힘이 느껴졌지요.

그러나 청춘은 물리적인 현상만을 보여 주는 세계가 아닙니다. 물론 그에 대비되는 노년이라는 육체적 단계가 있으니 물리적인 면이 있긴 하지만 그것만이 다는 아니죠. 보통 청춘이라 하면 봄을 떠올리지만, 아닙니다. 쏟아지는 단풍이나 칼바람을 견디는 빈 가지도 나무를 키우는 청춘의 힘입니다. 육체와 정신과 영혼이 함께 생명력을 발휘하는 순간이 청춘 아닐까요.

어쩌면 청춘이란 자기 존재감을 위해 건강한 전사로서 나서는 마음일지도 몰라요. 이 전사가 드는 아름다운 무기가 순수입니다. 순수는 청춘의 가장 큰 특징입니다. 아니, 청춘은 순수 그 자체입니다. 순수함은 생명의 진심을 뜻하고, 창의적이면서도 가장 본래적인 힘을 뜻하기도 하지요. 결국 청춘은 순수함을 무기로 세상에 나서는 전사이고 모험가이고 여행가입니다.

요즘은 청년들이 불행한 시대라고 합니다. 88만 원 세대, 비정규직 같은 단어들은 젊은이들이 갇혀 있는 불확실한 세계를 보여 줍니다. 정부는 일자리를 창출하겠다고 약속하지만, 기계문명이 점점 확장되는 한 인간은 점점 잉여로 떨어지고, 로봇들만 점점 더 바빠지죠.

현재 시스템 속에서 청년들의 삶이 좋아지기는 어렵다는 말입니다. 그 와중에도 취업이라는 문을 통과하기 위해 자신의 전부를 기능적인 영역에 투자하는 게 현실이니, 이제 청춘이 누려야 할 인문적 가치, 독서나 영성 등은 모두 뒤로 밀려나 버린 것처럼 보입니다.

불안하고 부조리한 시대일수록 인간이 나아갈 문명의 방향을 찾아내는 것, 물신화된 기존의 제도와 싸워 내는 것이 청춘 아닐까요. 소비 사회에 스스로 소비재가 되어 버린 현실을 부릅뜬 영혼의 눈으로 경계해야 합니다. 그것은 순수한 영혼만이 해낼 수 있지요. 그런 점에서 요즘의 청년들이 너무 빨리 늙어 버리는 게 아닐까 염려합니다.

지역서점인 백년어서원을 열었지만 나는 우리 사회의 독서력, 아니 독해력 때문에 가끔 상심하곤 합니다. 대학생들의 독서마저 무협지와 만화에 치중되고 인문학 서적은 외면당한다는 통계를 보면서 슬픈 미래를 예감하죠. 많은 사람이 책을 읽지 못합니다. 조금만 까다로워도 어렵다 외면하고, 조금만 복잡해도 내팽개칩니다. 진지한 고민을 귀찮아하고, 그 자리를 농담과 쾌락적 가치로 채웁니다.

비본래적 삶에 우리는 치우쳐 있습니다. 복잡하고 어려운 생각들, 그 속을 꿰뚫고 나가는 통찰력을 키우려고 노력하는 것, 그것이 고뇌이고 동시에 창조력입니다. 어떻게 하면 돈을 더 벌고 소비할까가 아니라, 어떻게 문명의 전환을 이루어 나갈까 어떻게 다른 사람의 고통을 함께 나누고 덜 수 있을까 고민하는 청춘에게는 어마어마한 과제와 기회가 있는 셈이지요.

전 가난하지만 풍요로운 청춘 시절을 보냈습니다. 일찍 결혼해서 서부 아프리카 사하라 사막으로 떠났고, 나중에는 스페인령 카나리아 제도에서 10여 년을 살았습니다. 귀국해서도 타향에서 오래 살다 고향인 부산에 돌아왔죠. 그 사이사이에도 유럽과 인도를 비롯한 파미르고원이나 중국, 중남미나 쿠바 등 많은 곳으로 여행을 다녔습니다. 가진 것은 별로 없었지만 넓은 세계를 만나면서 계속 꿈을 가졌던 것 같아요.

백년어서원도 그 꿈의 일부입니다. 그래서 전 돈이 없어도 부자입니다. 흔히 하는 말로 세상에 쉬운 건 없지요. 모든 아름다운 것들은 그만큼의 부담을 지불해야 합니다. 공부도 부담스러운 것이고, 만남도 부담스러운 것입니다. 그 고뇌를 통과해야 삶의 푸른 강물이 내 쪽으로 흘러옵니다.

카메라를 구했다 하니 무조건 찬성입니다. 파인더를 통해 사물의 존재를 더 깊이 발견하길. 모든 세계는 바라보는 눈빛을 향해 제 존재감을 드러냅니다. 미디어에 관심을 두고 공부한 만큼 민정 씨가 잘 체득하고 있으리라 믿어요.

디지털카메라가 아니라 필름카메라를 선택했다고 하니 민정 씨의 생각이 읽혀 고마운 마음입니다. 모두 간단하고 편리한 것만을 선택하는 시대라지만, 불편하고 어려워도 우리가 원하는 바를 따라가는 것, 그게 진정 우리가 원하는 삶이고 자유입니다.

서울 생활, 조금씩 익숙해지고 있나요? 아름다운 도전과 모험을 넉넉히 누리세요. 힘내고, 꿈꾸는 일에 다시 용감합시다. 안녕.

타인의 고통을 나누는 법

모처럼 햇살이 눈부십니다. 올해는 봄비가 겨울비처럼 내리더니 결국 봄을 건너뛰고 여름이 닥쳐올 모양이에요. 어린 시절 한반도의 특색으로 '사계절이 뚜렷하다'라 배웠던 교과서 문장이 요즘 아이들의 책에는 '서울은 여름과 겨울이 길고, 봄과 가을이 짧다'로 바뀌었다고 해요. 사계의 구분이 무색해집니다. 서울의 봄, 금세 떠날 것 같아 아쉬운 계절이에요.

푸른 봄날만이 청춘의 계절인 줄 알았던 제게 '결코

그렇지만은 않다' 해 주신 선생님의 단단한 문장을 다시 한 번 마음속에 새겨봅니다. 봄의 아쉬움도 여름의 뜨거움도 견디는 힘을 마음 깊은 곳에 축적해 놓아야겠어요. 그러한 힘이 꽉 차서 제 마음이 쉽게 가물지 않았으면 좋겠습니다.

선생님의 지난 편지는 청춘의 과제가 적힌 알림장으로 여겨집니다. 불안하고 부조리한 이 시대에 어떻게 문명의 전환을 이루어 나갈까, 타자의 고통을 볼 수 있을까 하는 고민이 과제로 와닿아요.

벌써 지난해 여름의 일이 되었네요. 제게 편지를 주고받자 제안해 주셨던 선생님과의 통화가 기억납니다. 어떤 주제라도, 젊은 여자와 나이 든 여자가 세상의 모든 이야기를 나누면 재미있지 않겠냐는 웃음이 담뿍 묻은 목소리를 들으며 제가 얼마나 설렜는지 몰라요. 그때, 그날처럼 비가 내리면 비가 온다는 사소한 이야기부터 저 멀리 아프리카의 굶주린 아이들의 아픔까지 함께 나눠 보자는 이야기를 하셨습니다.

이제 그 여름 통화에서부터 맺혀 있던 물음표를 꺼내 보려 해요. '함께 나누는 실천', 이는 제가 오랫동안 입구를 찾지 못한 커다란 낙원 같은 주제입니다.

특히 요즘처럼 칠레의 지진부터 천안함 사태에 이르기까지 자연재해나 사고로 인한 부고가 연일 잇따를 때면, 스스로 시간에 쫓겨 사느라 아무런 행동을 하지 못하는 제가 답답하게 느껴집니다. 낙원은 뿌옇게 흐린 안개 속으로 사라져 버리는 듯합니다.

실천하지 못하고 있다는 죄책감은 때때로 아주 가까운 곳에서부터 시작되기도 해요. 요즘 매일 아침 여의도 국회의사당 부근에 있는 사무실로 출근할 때면, 천막을 치고 농성하는 사람들의 푸석한 얼굴을 머쓱히 지나칩니다. 각 정당의 건물 앞에는 각개 이해관계가 얽힌 이들이 목소리를 높이는 시위가 잦아요.

모두 제가 일하는 곳 100미터 반경 내에 일어나는 일이지만, 그들을 제 마음으로 1센티미터도 들여놓지 못하고 지나칩니다. 학교를 다닐 때도 다르지 않았어요. 삭발식을 거행하며 등록금 문제를 부르짖는 누군가의 어깨에도 손을 얹지 못했습니다.

오늘 하루도 어떤 이는 방송의 자유를 외치며 파업을 계속했지만 이제 막 방송을 배우기 시작한 교육생인 저는 매일 주어진 책임만 숨차게 메워가는 중입니다. 법을 배우며 세상을 읽는 눈을 기르고 약자의 아픔을 어루만지며 살아야 한다는 의무감을 막 깨달았을 무렵에도 그것을 실천하지 못하고 있다는 죄책감으로 괴로워하던 때가 있었어요. 당시, "고민하고 괴롭다는 표현을 하는 것만으로도 실천"이라던 어느 교수님의 말씀을 위로로 삼았었죠.

그런데 이제, 그렇게 자위하는 것은 결국 변명이 아닌지 고민하게 됩니다. 얼마 전 우연히 본 TV 광고 하나가 제 마음속에 묻어 둔 가치에 대해 생각하게 했습니다. '같이의 가치'라는 메시지와 '세상을 부드럽게 만드는 두 글자'라는 문구 아래 함께하는 사람들이 밝게 웃고 있었어요.

광고를 보면서 어쩌면 함께 나누는 실천은 그리 어려운 일이 아니라고, 아주 사소하고 작은 것으로 이루어져 있을지도 모른다는 생각이 들었어요. 하지만 또 한편으로는 타인의 고통을 제 삶에서 사소하고 작은 영역으로 한정시키고 싶은 건 아닐까 고민을 거듭하게 됩니다.

선생님, 부조리한 시대에 비뚤어지지 않고 스스로 바로 서는 기준을 정하려면 세상을 향한 시야는 얼마나 넓어져야 할까요? 제가 끌어안을 수 있는 타인의 고통은 얼마큼이고, 책임지고 실천할 수 있는 행동반경은 얼마나 될까요?

정신 없이 일을 하다가도 환경 문제 같은 지구의 아픔, 시대의 스승과 가치를 잃은 우리나라의 미래, 무심결에 지나친 거리의 약자들, 굶주린 아프리카 아이들의 눈물 같은 것들을 문득 떠올리면 이 모든 것들을 타인의 몫으로 미루며 살고 있는 제가 부끄러워요.

모두에게 열려 있어도 바닥이 드러나지 않는 우물을 품고 싶습니다. 흙먼지 뿌연 마음의 땅을 어디부터 파야 할지 선생님 맑은 눈을 마주한 채 여쭙고 싶습니다.

우리는 서로
물드는 존재

봄이 한참 깊고, 이제 숲은 녹음으로 짙어지는 중입니다. 우리 사이에도 시간과 마음이 축적되고 있다는 거, 우리 스스로도 잎 푸른 나무들처럼 기특한 일 아닐까요. 난 요즘 사람들이 참 갸륵해 보입니다. 무언가를 꾸리고 무언가를 푸느라 다들 열심이니 말입니다.

하지만 '4대강 살리기' 혹은 '죽이기'가 폭력적으로 진행되고, 그 죽음 앞에서 무심한 사람들을 볼 때면 너무 우울합니다. 선거를 앞두고 전국이 웅성거리는 모습도 심란하고요. 예사롭지 않은 날씨 탓인지 감사와 보은의 달이라는 5월이 왜 이리 울적한지 모르겠습니다.

천안함 사건도 그렇고 5·18민주화운동도 그렇고, 노무현 전 대통령 서거 1주년도 있어서인지, 이리저리 헤아리지만 아마도 결국은 민정 씨가 고민하는 것과 같은 까닭이지 싶네요. 타자의 삶과 고통에 관한 고뇌와 책임, 죄책감 같은 거 말입니다. 동시대를 살아가면서도 연대하지 못하고, 지속하지 못하는 존재의 틈. 우리 고민은 아마 평생을 두고 거듭되겠지요.

공생하는 인간, '호모 심비우스'라고 하죠. 공생할 줄 아는 것이 우리가 나아갈 미래의 가치라고 말하지만 사실 우리는 공생공존하는 일에 늘 실패합니다. 그래서 마지막 희망처럼 우리는 공부를 합니다. 책을 읽고 사유하고 실천하고 나누고 또 실패하고…. 이 모든 과정과 절망마저 하나의 공부입니다.

최근 백년어서원에서는 김영민 선생님이 『공부론』을 강의 중인데 참 특별한 시간이 되고 있습니다. 이분은 '어울림의 공부'를 강조합니다. 우리는 서로 물드는 존재라는 거지요. 그래서 누구와 함께하느냐가 중요하다고 이야기합니다. 가치를 가진 사람들이 서로 어울려 공부하면서 연대해 실천해 나가는 형식, 이것이 지상에 살아남은 자의 꿈이겠지요. 나는 정말 백년어서원이 그런 공간이 되기를 꿈꿔요. 누구든지 와서 함께 고민하고 공부하며 어깨를 비비는 자리 말입니다.

우리는 늘 반성합니다. 그러나 반성이 관념이 되면 안 됩니다. 아주 사소한 습관 하나라도 바꾸어 내는 실천이 없으면 반성조차도 허영입니다.

기실 우리 삶에는 육체적인 것 말고도 정신적 허영이 얼마나 많을까요. 죄책감은 인간 의식의 진화에서 낮은 차원의 단계입니다. 수치와 죄책감, 자격지심과 절망, 질투와 미움, 분노 등의 단계를 벗어나야 감사와 용기, 사랑과 희생이라는 높은 의식으로 올라갈 수 있습니다. 가장 밑바탕인 죄책감을 극복하기 위해서는 우선 내 목소리를 당당히 내는 일부터 시도해야겠지요.

여기에는 의지가 작용해야 합니다. 어쨌거나 이 모든 것들이 우리가 침 발라 넘기는 두툼한 숙제장이겠지요. 항상 부담스럽지만 하고 나면 유쾌해지는, 스스로 기특해지는 노력 말이에요. 그렇게 우리는 한 걸음 내딛고, 눈이 밝아지고, 실천해 내고, 공감이라는 성취감을 얻습니다.

난 기독교인이지만 잠들기 전 운동과 명상 삼아 절을 합니다. 백팔배를 넘을 때도 있고 모자랄 때도 있지만, 잠시 자신의 밑바닥을 감지하는 시간으로 충분합니다. 이마가 바닥에 닿고 가장 자세가 낮아지는 순간, 하심下心이 나옵니다. 그 순간 왜 저절로 울컥해지는 것일까요.

절을 할 때마다 나는 '지상에 떠도는 모든 억울한 영혼을 위해서'라는 작은 제목을 꼭 가집니다. 함부로 다친, 함부로 버려진 억울한 영혼들이 얼마나 많은지요. 그들의 이름이나 슬픔을 까맣게 잊고, 먹고사는 일에 열중한다는 건 짐승과 다를 바 없는 것 같아 스스로도 민망한 까닭입니다.

민정 씨가 고민하는 것처럼 지구 각처에서 일어나는 뜻밖의 재앙으로 목숨을 잃거나, 억압된 구조 속에서 사육당하다가 버려지는 타자들이 너무 많습니다. 천안함이나 연평도에서 희생당한 어린 장병들도 그렇고, 파헤쳐진 강바닥에서 죽고 쫓겨나는 동식물들도 그렇고. 허겁지겁 비명에 스러지는 억울한 영혼들이 가슴 쓰립니다.

나 자신을 바라보노라면 그들이 떠오르지 않을 수 없습니다. 그들을 바라보면 내 자신이 더 선명해집니다. 그들을 위해 절을 안 할 수가 없습니다. 그게 그 영혼들에 무슨 위로가 되겠냐마는 내 나름의 소통 방식일 밖에요.

그러나 모든 게 연민이라, 스스로 내 의지를 고양하듯 주변의 기특한 일들을 찾아봅니다. 민정 씨의 소박한 고민이 기특하고, 손바느질로 찻잔 받침을 깁는 손끝이 기특하고, 쓰레기통을 뒤지면서도 왠지 제 품위를 잃지 않는 길고양이가 기특하고, 틈새로 초록 풀잎들을 틔워 낸 깨진 보도블록들이 기특하고, 신호등을 지켜 옹송옹송 서 있는 선량한 발길이 기특하고, 우편배달부들이 기특하고, 청소부도 빵장수도 기특하고. 이렇게 자신을 안고 나가는 소박한 영혼들이 얼마나 많은지 스스로 위로해 봅니다.

잊지 않아야 할 것들을 잊지 않는 것, 가야 할 곳에 가는 것, 가지 말아야 할 곳에 가지 않는 것, 이 모든 일에 순간순간 우리의 선택과 결단이 필요합니다. 그런 면에서 민정 씨가 새롭게 도전하는 미디어라는 분야는 얼마나 중요한 역할을 하게 될까요.

서로 떨어져 있지만 함께 어울린 마음, 기대는 마음으로 공부합시다. 진리 운운하는 철없는 인문주의자로 놀림받은들, 행복합니다. 우리 할 일이 많다면, 우리가 고민해야 할 타자들이 많다면 그것만으로도 이 세상은 아름다운 숙제지요.

눈을 크게 뜨고 귀를 크게 열고 이 세상의 고통 속으로 걸어가 봅시다. 거기에 분명 아름다운 영혼들과 또 우리 자신들이 함께 흐를 것이니. 서로를 기다리고 있으니.

민정 씨의 반짝이는 눈동자를 떠올려 보는 오늘 하루가 내겐 기쁨이네요.

저만의 고유한 수식어를 찾고 있습니다

『백년어』 잡지와 함께 보내 주신 선생님의 책, 『유쾌한 달팽이』 잘 받아 보았습니다. 제목을 더듬으며 벙실벙실 웃음이 났어요. 유쾌한 달팽이라니요. 이보다 더 흉내 내고 싶은 생명체는 없을 거 같아요.

선생님께서 누추한 풍경을 담았다고 말씀하신 글과 사진은 또 얼마나 풍요롭던지요. 달팽이처럼 세상의 낮은 곳을 향하면서도, 넓고 깊은 시선을 담은 글에 여러 번 마음이 출렁였습니다. 그 풍경들 앞에 고요하게 숨을 고르셨을 선생님을 상상하면서 새삼, "선생님"이라고 부를 수 있는 이 인연에 감사드렸어요.

그간 저에게는 또 한 번 큰 변화가 있었습니다. 방송작가 교육생 기간이 끝남과 동시에 문화예술행정기관에서 인턴으로 일하게 되었어요. 문화로 소통하는 미디어 공부의 기회를 얻었으니, 이번에는 '문화'라는 화두에 직접 다가가 보려고 해요.

여전히 '88만 원 세대'라는 수식어로 묶인 청춘의 울타리 안에서 서성이는 나날이지만, 저만의 고유한 수식어를 위해 한 발씩 내딛는 중입니다. 말씀드린 적이 있나요? 제 이름 앞에 평생 붙이고 싶은 수식어는 '문화생산자'입니다.

자본주의 경제 논리가 만연한 이 시대는 '소비'를 목적으로 삶을 꾸리라고 자주 요청합니다. 생산 현장에서 노동하는 사람들도 자신의 생산 활동보다 급여를 통한 소비 활동을 우선시하기 십상인 그런 세상이지요. 때문에 의식주는 물론 교육이나 문화도 하나의 소비재로 취급되는 것을 무시로 목격하곤 합니다.

정보화 시대가 도래하면서 1인 미디어가 가능한 시대

가 열렸고, 소비자와 생산자의 경계가 허물어진다고들 하지요. 미래학자 앨빈 토플러는 생산에 관하여 더욱 적극적인 형태의 소비자를 프로슈머, 즉 참여형 소비자라 이르기도 했고요.

하지만 교육이나 문화, 예술과 같은 가치재가 소비재로만 여겨지고 기능하는 일은 없어야 하지 않을까요. 그래서 스스로 더 적극적인 행동을 할 수 있도록 정한 이정표가 '문화생산자'입니다.

행복한 찰나를 향한 걸음일 뿐 선생님께서 말씀하신 공생공존을 위한 공부라고 하기엔 너무나 부족합니다. '내가 이것으로 행복했으니, 소통함으로써 상대도 행복할 것'이라는 전제도 나약한 자기변명 같고요. 진정한 소통이라면 상대의 말소리에 귀를 기울이는 일이 우선되어야 할 터인데, 저에게는 그 고민이 빠져 있습니다. 지금은 그저 세상을 행복하게 만드는 데, 문화를 생산하는 일이 긍정적인 기여를 할 것이라는 막연한 기대감만 있습니다.

분명한 이정표는 앞으로 나아가게 하지만, 옆과 뒤를 돌아보라 이르진 않습니다. 문화생산자로서 한 걸음씩 내디

디며 반성하고 실천으로 옮기는 건 행동하는 제 몫이겠지요. 이웃과의 연대도 제가 부지런한 만큼 넓어지는 그릇일 겁니다. 배움과 노력을 멈추지 않겠다는 다짐은 부끄럽게 살지 않겠다는 삶의 바탕이니 흔들리지 않도록 해야겠습니다.

아직 많이 부족하지만 문화생산자로서 타자와의 연대를 고민하며 행복한 삶을 살도록 노력하겠다면, 함박웃음 지으실 선생님 모습이 선하게 그려집니다. 잘했다, 멋있다, 손뼉을 쳐주시겠지요. 순간순간의 다짐들이 정신적 허영이 되지 않도록, 의지로 하는 실천이도록 노력하겠습니다.

삶은 침 발라 넘기는 두툼한 숙제장이라는 말씀이 마음속 깊이 들어오네요. 달팽이 등에 짐 지워진 딱딱한 달팽이집은 짐짝이기 이전에, 실은 그에게 정체성이겠지요. 삶은 제게 지워진 숙제장이기 전에 제가 감당할 제 모습 그 자체라는 것 또한 잊지 않겠습니다.

달팽이는 온 바닥을 면면이 맞대고 나아가지요. 땅이 거칠면 거친 대로, 마르면 마른 대로, 젖으면 젖은 대로 제 길을 닦아 나아갑니다. 느리지만 그래서 아름다운 달팽이처럼 저도 제 고유의 아름다움을 찾아 나아가고 싶어요. 과정이 순간순간 유쾌하고 행복하다면 그 자체로 삶의 목적에 이르는 길이 되리라 믿습니다.

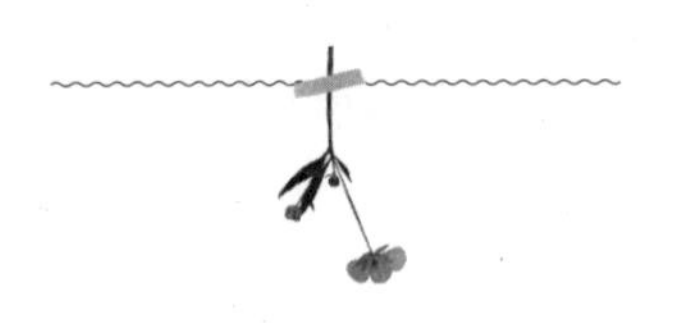

목적을
설정하지 마세요

9월, 하면 다시 작은 설렘이 생깁니다. 누군가가 돌아올 것 같은, 누군가와 새로 마주칠 것 같은 작은 예감이 들어요. 바람 속에 섞인 문득 스치는 열매나 마른 잎의 냄새는 그 예감의 결들이겠지요.

민정 씨 편지를 읽을 때마다 항상 내가 하던, 또는 하고 있는 고뇌들을 다시 깨닫습니다. 삶에 정답이 없다는 건 얼마나 다행한 것일까요. 아마 모든 고뇌는, 진정한 답은 결코 없으며 또한 답이 아닌 것도 없다는 데서 나오는 것이겠지요.

그런 점에서 민정 씨의 고뇌와 나의 고뇌도 계속 진행형이 될 것이며, 또한 자유롭게 펼쳐지지 않을까요. 문화를 생산하고 소통을 꿈꾸겠다는 작은 열망이 나약한 자기변명에 불과할지도 모른다는 민정 씨의 불안은 당연합니다. 그 불안이 계속 내 안을 주시하게 할 것입니다.

타자를 배려하는 삶, 상생은 타자를 위한 삶이 아닙니다. 그건 곧 나를 사랑하는 중요한 방식입니다. 나를 사랑하고 이해할 때 비로소 타자를 향할 수 있기 때문입니다. 흔히들 말하지 않나요. 사랑을 말할 때 우리는 상대방을 사랑하는 게 아니라, 그를 사랑하는 나를 사랑하는 것이라고요. 떨림으로 누군가와 마주할 때, 누군가를 포옹할 때 내 존재감은 얼마나 빛나던가요. 그러니까 결국 타자는 나를 존재하게 하는 위대한 힘이지요.

이제 새로운 직장을 찾아야 하는 민정 씨가 문화생산자를 꿈꾸며 삶의 진정한 목적을 고민하는 모습이 참 아름답네요. 관련해서 제가 나이 오십을 넘기며 겨우 발견한 빛과 같은 것이 있어 나누고 싶습니다. '목표는 매우 중요하지만, 목적은 설정하지 않는 게 좋다'라는 겁니다.

목표에는 마치 별빛처럼 우리를 끌고 가는 힘이 있지만, 목적에는 의도된 욕망이 작용하면서 집착하기 쉬워집니다. 목적한 대로 되지 않으면 실망과 상처를 얻습니다. 또 목적한 바를 이루면 금세 교만해집니다. 한마디로 목적은 순수성을 잃게 하지요. 목적은 수단을 필요로 하지만 목표는 내가 갈 길의 방향을 제시합니다.

나는 '목표' 하면 별빛 많은 밤하늘과 끝없는 길, 모퉁이에 한 마리 새처럼 놓인 작은 푯대를 떠올립니다. 내가 어디엔가 쓴 적이 있는데 진정한 용기란 순수에서 비롯합니다. 순수할 때 우리는 모든 것을 무릅쓸 수 있지요. 백년어서원을 운영하면서 여러 가지 상황이 닥칠 때마다 나는 이 순수, 초심을 기억하려고 노력합니다.

덕분인지 중요한 강의에 사람들이 몇 명 오지 않아도, 종일 운영한 공간의 수입이 만 원 한 장일 때도, 가끔 오해받는 일이 생겨도 그다지 실망하지 않습니다. 목적을 미리 상정하지 않으니 그만큼 삶을 다양한 관점에서 수용할 수 있는 폭이 생기고 관용의 힘이 작용하더라고요.

다만, 최선을 다할 것. 결과에 연연하지 않고 온몸을 던지는 삶이 중요하지요. 그것이 무위無爲입니다. 무위는 무행위와 다릅니다. 아무것도 하지 않는 게 아니라, 최선을 다하고 결과에 집착하지 않음을 말합니다.

너무 지칠 때면 베토벤의 〈운명〉 2악장을 즐겨 듣기도 하지만, 요즘은 옛 선인들의 고독한 삶을 떠올리는 시간을 일부러 가집니다. 그중에서도 조선 초기의 방외인 시인 김시습을 자주 떠올립니다. 방랑과 고독, 허무로 가득한 그의 천재성이 늘 가슴 아프게 다가옵니다. 최근엔 19세기 초 근대 혼란기를 마주했던 실학자와 지식인 들을 가슴에 담습니다. 빈궁한 처지에서도 공부에 몰두하여 자신의 세계를 개척해 낸 사람들입니다.

나는 그들에게 공부가 목적이 아니라 아름다운 목표였다고 믿습니다. 특히 기존 지도를 참고하여 백두산에서 제주도까지 세세하게 그린 김정호와 온갖 책을 섭렵하여 자신만의 사상적 업적을 일군 최한기의 끈기와 인내를 보며, 내 공부 방식을 찾고 또 스스로 다짐하곤 하지요. 민정 씨도 시간 날 때 두 사람의 세계를 들여다보길 권합니다.

문화를 생산한다고 하지만, 과연 문화란 무엇일까요. 우리 삶에서 문화가 아닌 것이 어디 있겠어요. 보통 사회 구성원에 의해 공유되는 지식·신념·행위의 총체를 문화라고 하지요. 도구의 사용과 더불어 인류의 고유한 특성이라는 이 문화의 활용은 상징적 사고의 능력에서 기인한다고 합니다.

인류학자 앨프리드 루이스 크로버는 저서 『문화의 성질』에서 '습득된 행동' '마음속의 관념' '논리적인 구성' '통계적으로 만들어진 것' '심리적인 방어기제' 등 문화를 구성하는 164개의 요소에 대해 정의를 내리고 있습니다.

그런데 과연 그것들이 문화일까요. 문화가 그렇게 정의되는 개념일까요. 난 문화란 곧 생명의 무늬를 말하며, 인간을 억압에서 푸는 모든 힘이라고 믿습니다. 진정 인간적인 무늬를 선명하게 드러내는 것만이 문화겠지요. 이는 문화란 생명의 여백을 만드는 일이어야 한다는 것과 같은 말일 겁니다. 그런 점에서 모든 문화가 목적이 되어 버리고 수단과 도구가 된 지금 현실이 참 쓸쓸하네요.

충분히 아름답고, 충분히 영특하고, 충분히 열정적인

민정 씨를 믿어요. 무엇보다 민정 씨의 순수한 마음과 용기를 믿습니다. 이 삶은 민정 씨가 태어나기 전에 이미 민정 씨를 위해 예비된 공간입니다. 넉넉히 누릴 만한 것이지요. 용기를 냅시다. 건강 잘 지키고요. 향기로운 가을맞이하시길.

둘。

씩씩하게 살아가는 시간

나만의 소리를
가진다는 것

덜컥 기타를 사 버렸습니다. 어렸을 때 피아노를 몇 해 배우다 만 후론 악기와 친할 일이 없었으니, '도레미파솔라시도' 음계도 짚을 줄 모르는데 그야말로 '덜컥' 들이기를 먼저 한 거죠. 그런데도 꼭 그렇게 품에 넣고 싶어 며칠 밤을 끙끙 앓았어요.

사실 기타 소리에 매료된 건 그리 오래되지 않았어요. 오히려 그 매력을 전혀 몰랐죠. 대학 때, 옆 동아리 방구석에 깊숙이 처박혀 있던 처량함이라던가, 어느 선배가 갈라진 목소리로 노래 부를 때 함께하던 멋부리기용 악기쯤으로 기억하고 있었어요. 그러다 이안 감독의 〈브로크백 마운틴〉이란 영화를 보며 처음으로 기타의 슬픈 울림이 마음에 들어왔습니다.

영화는 무섭도록 푸르고 광활한 자연을 배경으로 해요. 그 속에서 외로움으로 치대던 두 영혼의 사랑은 끝내 슬픔으로 치닫습니다. 그들을 감싸 안고 흐르는 건 산줄기 따라 도는 물과 그 물소리를 닮은 기타 연주였지요.

그때부터 기타 소리에 귀를 쫑긋거리게 되었어요. 세상의 모든 노래가 기타 반주만 있으면 족할 듯 여겨졌죠. 길거리 공연에서도 기타를 볼라치면 입을 헤벌쭉 벌리고 제 품에 안은 상상을 했어요. 현을 비비고 뜯어 소리를 내고 목소리 보태어 노래 부르면, 깊게 위로받을 수 있을 거라는 확신이 들었어요.

마음이 답답할 때면 막연히 푸른 바다에 닿고 싶었는데, 그 바다의 생명력이 기타에서도 느껴졌어요. 서툰 손길에도 기타 음은 찰랑거리며 바닷소리를 내지 뭐예요! 품 안 가득 악기를 안고 소리를 내다 보면 나무 몸통의 울림이 느껴집니다. 그렇게 손끝으로 일렁이며 철썩이는 바다를 끌어 안았죠.

그렇지만 〈바둑이 방울〉처럼 쉬워 보이는 곡도 제 음을 짚는 데만 한참 걸린다는 걸 곧 깨달았어요. 그래도 소리를 만드는 순간의 기쁨은 충만한 행복이었어요. 꾸준히 두어 달 기타를 잡고 낑낑거리다 보니 이제 제법 화음도 만들고 처음 보는 악보라도 노랫가락 비슷하게 흉내를 내요. 좋아하는 가수 이적이 불렀던 노랫말처럼 '기억 속 어딘가 들리는 파도 소리를 찾아' 가는 달팽이의 희망이 제 것인 양 여겨집니다.

이제 무엇보다 먼저 저를 위해서 열심히 공부하고, 열심히 행복하려고 해요. 때로는 숨차 헐떡이는 날들도 있겠지요. 하지만 제 생명의 소리를 찾아가는 여정이 나름 아름다울 것이고, 스스로를 사랑할 때 타자에게로 한 발 나아갈 수 있을 거란 선생님의 말씀도 믿어 의심치 않습니다.

울림이 만드는
무한한 힘

와아, 기타를 샀다니 부럽네요. 그것도 바다를 찾아서라니…. 정말 행복하겠어요. 기타 소리에서 바다를 발견한 민정 씨가 진정 시인입니다. 혹 민정 씨가 연주가가 되는 건 아닌지 몰라. 물론 그래도 좋지만. 거기다 화음도 만들고 처음 보는 악보라도 그 가락을 짚을 줄 안다니, 질투 나려 하네요. 왜냐하면 최근에 나도 클래식 기타를 배우고 싶어 머뭇거리는 중이었거든요. 안 되겠어요. 돈 때문에 시간 때문에 계속 핑계 대고 있었는데, 결단해야 할 것 같네요.

나도 힘들 때면 클래식을 듣습니다. 특히 외로울 때는 베토벤이나 브람스의 장중한 선율에 몰입합니다. 빈한한 유년 시절을 보내느라 음악을 많이 접하지 못하고 자라서 스스로 음악에 대한 열등감이 많은 편이에요. 하지만 그것과 상관없이 음악은 내 삶을 위로하고 치유해 주는 큰 힘인 걸 믿어요.

아무리 몸이 고단해도 좋은 시집 몇 권과 좋은 음악이 곁에 있으면 충분히 살 수 있을 거라 생각하기도 했어요. 우리는 인간이라는 아름다운 자연이니까요. 모든 예술이 어떤 감각과 울림을 갖고 누군가를 찾아가는 과정이지만, 음악은 정말 우주의 뒷길, 영혼의 그림자에까지 닿을 수 있는 장르라고 생각해요.

고대 그리스의 오르페우스 신화, 영화 〈쇼생크 탈출〉에서 감옥에 울려 퍼지던 모차르트의 〈피가로의 결혼〉 등 모든 음악은 극적 감동이라는 특별한 힘을 품고 있지요. 어쨌거나 그 열등감을 극복하고 싶어, 결혼하고 난 뒤 조금 여유가 생겼을 때 피아노를 시작한 적이 있었어요. 하지만 그것도 몇 년 지나니 한계가 오더군요.

이래저래 많은 시간이 지나 버리고 나니 악기 하나 익

히는 것이 참 간절하면서도 쉽지 않았어요. 관악기 한두 가지를 구입하고 도전했다가도 미적미적. 그 후론 어떤 악기 하나라도 잘 다루는 사람은 무조건 존경하기로 했답니다.

백년어서원에서도 최근 음악 강의가 많아졌고, 또 종종 인문 콘서트를 여는데 반응이 좋아요. 음악은 자신을 발견하게 하고 또 공감하게 하는 힘이 다른 예술보다도 크다는 생각을 하게 됩니다. 아마 우리 안에 있는 숨은 리듬과 질서를 찾아 주기 때문이 아닐까요. 소리는 가장 본래적이면서도 가장 절실하고 뜨거운 존재임이 분명합니다.

소리, 하면 저절로 두 가지가 떠오릅니다. 하나는 깨우는 힘입니다. 절에 가면 북, 종, 구름판, 목어, 사물四物이 있지요. 모두 삼라만상을 깨우는 역할을 합니다. 잠을 깨우는 동시에 깨달음의 의미도 있겠지요. 이렇게 보면 주변의 소리는 내 일상과 내면을 깨우는 에너지입니다. 또 하나는 끊임없이 헤엄쳐 나가는 힘입니다. 아마도 소리의 리듬이 만드는 파장 때문에 그런 이미지가 연상되는지도 모르겠네요.

음악이 중요한 또 다른 이유는 큰 나눔입니다. 선율

은 먼 데까지, 오래, 다양한 사람들에게 전달될 수 있잖아요. 소리는 바람처럼 모든 틈에 스밉니다. 아무리 어둡고 적막한 곳에라도 닿을 수 있지요. 또 소리는 소리를 창조하고 더불어 춤춥니다. 우리는 이를 화음이라고 하죠. 그래서 음악이 있는 곳에는 쉽게 화해가 스미는 것 같아요.

그래서 일까요. '소리는 철학이고 소리는 삶이다'라는 말도 있죠. 소리는 정말 중요한 에너지라서 나만의 연주, 나만의 소리를 낼 수 있다는 건 중요한 것 같아요. 여린 현에서 울려 나오는 선율, 폭풍같이 내려치는 선율 사이사이에 우리가 앉아 있지요. 가끔 희디흰 침묵이 번집니다. 그 사이로 길이 납니다. 자기만의 소리를 찾아 떠나는 우리들의 모습이 무늬집니다.

민정 씨를 기다릴 이유가 하나 더 생겼네요. 민정 씨의 기타 연주를 듣는 거요. 기대할게요. 이제 바다를 보면 민정 씨 기타가 떠오를 듯, 그럴 겁니다. 이렇게 새로운 소리를 발견하고 그것을 나누는 순간을 통해 우리는 존재할 수 있고 더 진실해질 수 있을 거예요.

새로운 직장과
서툰 나

단어에 새로운 의미를 부여하는 것은 그 단어에 새로운 생명을 불어넣는 것이지 않을까 싶습니다. 단어의 의미를 미처 표현하지 못할 때면 못다 푼 숙제처럼 여겨지는데 늘 선생님 답장을 통해 밑그림을 선물 받는 기분이에요.

"소리란, 깨우고 헤쳐 나가는 힘이다." "새로운 소리를 발견하고 나누는 순간을 통해 우리는 존재한다." 지난번 편지에서 펼쳐 보여 주신 소리에 관한 정의, 마음에 새겨둘게요.

오늘은 선생님과 '인연'의 의미를 되새겨 보고 싶어요. 새해 기타를 안고 새로운 사람들을 만나러 나섰습니다. 겨우 음계를 익히고 보니, 모르는 것이 한두 가지여야죠. 방안에서 한참을 혼자 끙끙대다가 기타 모임을 찾았습니다. 매주 일요일에 종로의 한 카페를 가득 채운 사람들은 기타를 안고 저마다의 소리를 만듭니다.

선생님 말씀처럼 소리를 나누고 어울리는 시간은 서로의 존재를 소중하게 일깨웠어요. 각자 다른 소리를 화음으로 만드는 합주의 특별함 때문이지요. 아무리 화려한 독주자라도 혼자서는 낼 수 없는 화음, 그것은 사람과 사람이 어울리는 인연으로부터 비롯하지 않았나 생각합니다.

그러고 보니, 두꺼운 책과 씨름하던 법학 공부를 그만두고 저는 참 많은 사람을 만나러 다녔네요. 책을 들고, 카메라를 들고, 이번엔 기타를 메고 말이에요. 선생님을 처음 뵈었을 때도 인터뷰를 하겠다고 무거운 카메라를 앞세웠었죠.

그렇게 부산의 문화인들을 만나고 인터뷰하기 불과 몇 개월 전만 해도 저는 책 속에 파묻혀 온종일 혼자 지내던 법대 고시생이었어요. 법조인이란 목적에 이르는 데 여러 난관이 있었지만 그중 제일 힘들었던 건 전공서와 함께 고립된 나날들이었습니다. 수양의 방법으로 부러 홀로 수행하는 삶도 있겠지만, 저는 아무래도 혼자이기보다 사람들 속에서 자라나고 싶었어요.

그래서 참 많은 사람을 만났습니다. 잠깐 스친 인연도 있고, 긴 시간 이어진 인연도 있습니다. 아쉬움과 미안함이 남은 사람도 있고, 고마움 가득한 사람들도 있지요. 방송작가 인턴 한 번, 문화예술계 인턴 한 번의 경험을 뒤로하고 이번에 저는 새로운 직장에서 새로운 인연을 맺기 시작했어요.

갖고 싶은 '직업'은 딱히 못 찾겠고, 하고 싶은 '일'은 많다고 말씀드렸던 것 기억하시나요? 그래서 다다르고 싶은 목표가 하나 있다면 '문화생산자'라고요. 그러니 지난 1년의 세월이 갈지자로 걸어온 청춘의 방황이라 할지라도, 선생님이 내려 주신 정의에 따르면 문화라는 것은 '삶을 이루는 무늬'이니 열심히 무늬를 새기는 시간이었다고 위로해 봅니다.

이제 징검다리로 건너가는 인턴 경험이 아닌, 비로소 제 직장이라 할 만한 자리를 잡았습니다. 온라인 마케팅 업무를 하고 있어요. 존 러스킨은 『생명의 경제학』에서 상인의 속성은 필요한 재화를 공급하는 역할이라 정의했지요. 법률 자문이든 문화 소식이든 상품이든 무엇을 필요로 하는 사람과 공급하는 사람을 잇는 일이라 사람을 만나 소통하길 원했던 제게 의미 있는 일이라고 생각해요.

하루에도 몇 번씩 이어지길 희망하는 수많은 이들과 접촉합니다. 그때마다 많은 힘과 노력을 기울이지요. 하지만 이후로도 맺어지는 사람들이 있고 그렇지 않은 사람들이 있더라고요. 인연이란 하늘에서 미리 정해진 것이라는 말도 있지만, 한편으론 우리가 스스로 찾으려고 노력해야만 이어지는구나 싶습니다.

사람, 서비스, 물건 등을 잇는 마케팅 일을 시작하고 보니 이제까지 관계 맺었던 많은 사람이 새삼 떠오릅니다. 그들과 만났던 시간의 길 위에는 미안함이 발자국처럼 남았어요. 사람들을 대했던 저의 서툰 걸음 때문이겠죠. 그 발자국 문지르며 되짚어 나가면 반갑게 맞아 주리라 기대되는 이도 있고, 다시 되돌릴 길 없어 미안함과 아쉬움만 남는 이들도 있습니다.

분명한 건 그렇게 만난 사람들이 제 삶의 화음을 이루는 소중한 인연들이었다는 거예요. 그래서 새로운 이들을 만나는 걸음마다 혹여 불협화음이 빚어지진 않을까 늘 조심스럽습니다. 그렇다고 발걸음을 내딛지 않는다면 화음은커녕 아무런 소리도 낼 수 없겠죠. 이렇듯 정답 없는 숙제를 두고서 고민하는 나날입니다.

찾아뵌 지 오래되고, 뜸하게 소식 전하니 선생님과의 인연에도 자꾸만 죄송함이 깃듭니다. 늘 보고 싶은 선생님, 건강하세요.

내가 걸어온 길을 기억하기

오늘 편지는 이렇게 시작해 볼까요. '네가 어디를 가야 할지 모르겠으면 어디서 왔는가를 기억하라.' 아프리카 속담입니다. 이 문장과 마주쳤을 때 갑자기 내 마음이 꽃잎 만개한 복숭아밭에 들어선 듯했답니다. 이것저것 많은 글을 쓰고 일을 하면서도 제대로 하는 건지, 자주 막막해 창가에 서곤 했거든요. 내가 온 곳을 기억해 보는 것. 삶에서 아주 깊은 지혜라고 믿습니다. 내가 출발한 곳, 그곳은 정말 어디일까요.

한동안 연락이 닿질 않아 걱정도 되고 궁금했어요. 하지만 서울의 한 모퉁이에서 반짝반짝 빛나고 있을 민정이라는 별을 믿고 있었지요. 직장도 구하고 정신없이 바빴다 하니, 고마운 일입니다.

지상에 머무는 동안 사람이 열심히 노동하는 건 우리가 섭취하고 있는 모든 식물食物에 대한 예의겠지요. 고뇌도 일종의 밥값입니다.

인연이라는 말, 쉬우면서도 복잡합니다. 흔히들 인연을 놓고 그럴 수밖에 없다는 수동적인 의미로 생각하죠. 그러나 실지로 인연이란 삶의 무한한 신비를 풀 수 있는 아주 적극적이고 과학적인 세계지요. 창조적이기도 하고요. 어쩌면 생명의 모든 에너지일 수도 있습니다. 인연이 '스스로 찾아가는 노력으로 맺어지는' 것임을 깨닫는 민정 씨의 눈빛이 참 좋네요.

사람, 아! 사람들. 그것이 전부입니다. 사람을 만나고 싶어 법의 길보다 미디어, 시장 속으로 들어간 민정 씨의 의지가 사실은 얼마나 큰 모험일까요. 우리는 어디서든 사람을 만납니다. 또 서울이 오죽 복잡한가요. 대도시는 우리의 등을 사정없이 떠미는 곳이지만, 북적이는 만큼 많은 관계를 통해 도전과 모험을 체득하는 일종의 대학이기도 하지요.

그들을 이해하고 소통하며 인간의 본질을 배우고 싶어 하는 민정 씨의 용기는 아마 큰 인내를 필요로 할 거예요. 온라인 마케팅 업무를 하고 있다 하니 눈으로 보이지 않는 사람들까지도 감당해야겠네요. 그것도 큰 공부일 것 같습니다.

예부터 소은小隱은 산에 있고 대은大隱은 시장에 있다고 합니다. 정말 큰 수행은 홀로 하는 것이 아니라, 함께 섞여서 관계를 푸는 데 있다는 말로도 해석할 수 있습니다. 깊은 산속에서 면벽하는 수행자보다 먹고사는 일로 그악스럽게 밀고 당기며 사랑의 기술을 배워가는 민중들이 더 큰 수행자라는 게 내 생각입니다. 그런 의미에서 민정 씨가 선택한 길을 스스로 갸륵해 하고 격려하길 바라요.

인연은 관심의 다른 이름입니다. 관심이란 무엇일까요. 사람에게 관심을 가진다는 건 소리와 향기에 고요히 귀를 기울이고 오래 응시하는 것을 말합니다. 햇살 묻은 존재의 솜털을 눈부시게 아프게 발견하는 일입니다. 무엇보다 책임을 느끼는 것입니다. 그래서 자신을 덜어 내고 몸을 일으키는 행동입니다. 관심이란 그냥 바라보기가 아니라, 실천하여 변화를 만들어 내는 힘이죠.

현재 지구가 이토록 혼란하고 고통스러운 별이 된 것은 무관심 때문입니다. 지난해 우리나라 자살자가 하루 평균 40명이었다니, 얼마나 끔찍한가요. 그들이 부딪쳤을 절망을 상상하는 것만으로도 고통스럽습니다. 그런 가운데서도 우리가 여전히 악머구리같이 사는 게 더 끔찍하고요.

이탈리아의 사회학자 안토니오 그람시는 무관심을 '새로운 사상의 소유자들에게는 무거운 납덩어리이고, 가장 아름다운 열정조차 물속 깊이 가라앉힐 수 있는 모래주머니이고, 최상의 활동가들조차 감염시켜 흔히 그들이 역사를 만들지 못하게 하는 것'이라고 지적했습니다.

이 지구상의 모든 비운이 우연히 일어나는 게 아니라, 우리의 무관심에서 비롯된다는 거죠. 구제역 때문에 지난겨울 내내 우리는 얼마나 많은 동물을 파묻었던가요. 얼마나 억울한 사람들이 짙푸른 멍 때문에 오늘도 쩔쩔매고 있나요.

새 직업을 찾았으니 주변이 복잡하겠지요. 아무리 바

빠도 근원적인 질문, 자신과 타자를 응시하는 일에 부지런하기를. 개인적인 모든 질문에 충실하다 보면 혼신을 기울여 진리를 추구해 나가는 자신을 발견할 수 있을 거예요.

새로운 도전, 모험, 가치, 진리. 이런 말들이 녹슨 연장이 되지 않기를 바랍니다. 좋은 책과 음악이 있으니 우리는 얼마든지 행복할 수 있고, 또 얼마든지 고뇌할 수 있습니다.

조금 어렵더라도 실망하지 맙시다. 성경에도 '선한 일을 하되, 낙심하지 말라'고 당부하고 있답니다. 마음이 가라앉을 때마다 '내가 어디서 왔는가'를 헤아려 보면 어떨까요.

3월, 모든 것들이 깨어나는 계절입니다. 만물이 눈을 뜬다고 표현하지요. 그 눈빛들이 모두 우리를 돌아보며, 또 우리더러 주위를 돌아보라고 말하네요.

더 너그럽고 더 따뜻하길, 나 자신에게 부탁하고 또 민정 씨에게 부탁합니다. 젊은 민정 씨에겐 너무 재미없는 말일까요? 곧 봄꽃이 만발하겠지요. 민정 씨 마음도 그렇게 만발하길.

서울이라는 도시에서 산다는 것

서울에서 분당을 오가는 1500-2번 버스 속, 출퇴근 길에 계절을 가장 가깝게 직면합니다. 어느덧 작열하는 태양도 저물어 갑니다. 새로울 것 없이 매일 반복되는 길 위에서 계절의 변화를 설레며 맞기도 하고, 가슴 떨리게 좋은 음악을 만나기도 합니다. 그게 참 신기해요. 어떤 날은 무심히 지나치는 시간과 장소인데, 어떤 날은 반짝이며 경이로운 순간으로 다가오니까요.

저한테 '서울에 산다'는 것은 늘, 어딘지 멋 부린 듯 어색하게 느껴지는 문장이었어요. 처음 몇 달은 이 도시의 분주함에 주눅들었고, 늘 마음 한구석이 안착하지 않은 상태에서 달뜬 듯 이방인으로 지냈습니다.

이곳에서 제 시계와 지도는 여행자의 그것과 늘 비슷했지요. 그렇게 서울에서 여행하는 마음으로 지내겠다 다짐했는데 어느덧 여행자의 시선을 잃고, 바쁜 속도감만 남아 일상에 짓눌려 있었어요. 그러다 최근 유럽을 여행하고 오면서 서울에 대한 시선이 또 달라졌습니다.

먼 데서 서울로 '돌아왔다'라는 사실이 일상의 의미를 다시 일깨워 주었어요. 이제 저에게 서울은 여행과 일상 그 사이에 있더라고요. 여행은 일상의 도피처가 아니고, 일상은 도피해야 할 굴레가 아님을 조금씩 받아들입니다.

오히려 일상은 삶의 가장 큰 무게를 가진 중심이죠. 그러니 버텨 내야 할 것이 아니라 잘 꾸려야 함을 새삼스레 깨닫습니다. 일상을 버티려고만 할 때 저는 삶에 끌려갔습니다. 속도와 방향도 온통 제 손에서 벗어나 버렸고요. 그래서 일상의 주인이 되자고 자주 마음을 다잡습니다.

전에 선생님께서 여행을 통해 모험과 경이, 자신을 환기하는 법을 얻을 수 있다고 말씀하셨던 것을 일상에서 소화해 보려고 합니다. 하나 더하여, 그리움을 잊지 않으려고 해요. 돌아보니 서울을 동경한 적은 있어도, 한 번도 제 것으로 그리워한 적이 없더라고요. 애정을 가진 경험이 전제되지 않으면, 그립다는 감정은 성립하지 않으니까요. 순간을 사랑하고, 오늘 이 하루가 언젠가의 그리움이 되도록 일상을 꾸리고 싶습니다. 달뜬 감정이나 낭만을 추구하는 것과는 조금 다른 색깔의 다짐이에요.

오래전부터 저는 '낭만'이란 '사랑을 사랑하는 것'이라고 정의해 두었습니다. 존재를 사랑하는 것과 달리, 감정에 취한 상태로 여겨진달까요. 풍선에 바람 빠지듯 쪼그라들까 봐 팽창한 아슬아슬함, 기쁨보다 불안함이 먼저 떠오르는 단어입니다. 그래서 일상의 아름다움은 낭만보다는 비릿하더라도 정직함에 가까웠으면 합니다. 만물을 대할 때, 좋고 싫다는 감정을 앞세우던 철없는 제가 일상의 순간들을 아름답게 사랑하고 싶어졌습니다. 낭만이란 감정으로 포장하지 않고 정직하게요.

지금까지 저의 일상은 대학, 취업, 승진과 성공이라는

한 방향의 돌진이 아니었나 싶어요. 주변의 친구들도 크게 다르지 않았고요. 그렇게 모두 하나의 방향을 향해 달리다 보니, 달리는 속도나 출발선의 위치만이 삶의 승부수라 여겨져 절망하기에 십상이었죠. 그러다보니 일상에서 어떻게 행복을 누려야 하는지도 잊어버렸고요. 성취감만이 행복인 양 저 자신을 채찍질하기 바빴습니다.

그래서 행복한 삶이라는 꿈을 실현하는 가장 좋은 방법은 일상이라는 반복된 과정 자체를 아름답게 하는 건지도 모르겠어요. 잘 꾸려 쌓아 올린 일상의 힘은 어쩌면 여행보다 삶의 목표를 찾아가는 길에 더 크게 작용한다고 생각해요.

이렇게 글자로 정리한 관념적 언어를 실제 제 일상에 잘 밀착시켜 실천해야 할 텐데, 실은 하루하루 반성해야 할 일 투성이에요. 생산적 연대는커녕 일상에서 가까이 지내는 이들에게도 친절하지 못한 제가 자주 못났습니다.

여행 중에는 '이 순간은 다시 오지 않을 것'이라 여기고 매 순간을 귀하게 여기며 부지런히 움직였는데, 막상 서울의 일상은 무심히 흘려 보내기 일쑤네요. 특별할 것 없는 오늘도 여행의 그날들과 다르지 않게, 다시 오지 않는 순간임을 자주 기억해 보려 해요.

버스 창에 스친 빗방울이 반짝반짝 빛납니다. 버스 차창에 비친 오늘의 저는 젊고, 보고픈 사람이 많고, 하고 싶은 일이 많아요. 이어폰에서 흐르는 따뜻한 선율에 가득 몸을 맡기고 행복한 지금을 언젠가 많이 그리워할 거라 예감합니다. 그리움이 한 겹, 이렇게 또 쌓였습니다.

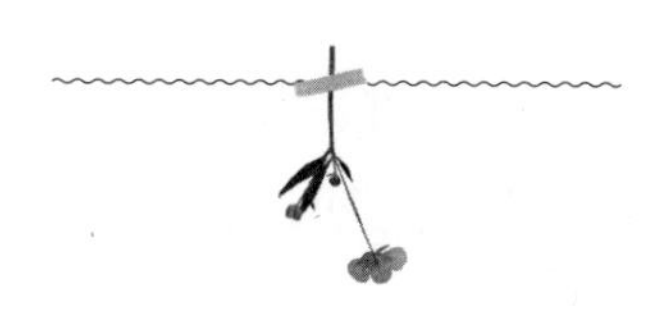

일상의 장소를 만드세요

인연이라는 게 참 귀하네요. 잊은 듯 살다가도 문득 따뜻한 애정이 솟구치며 그리워지는 것, 이러한 안부가 우리를 순간순간 살아 있게 하는 맥박 같은 게 아닐까 합니다. 불가에서는 이를 좋은 인연이라 하더군요. 잊고 있다가도 만나면 더없이 기쁜 관계 말입니다.

서울을 도피하지 않아도 될, 일상의 시간과 장소로 받아들이게 된 것 축하해요. 한 도시를 이해하거나 사랑하는 것은 존재의 법칙에서 매우 중요합니다. 공간을 장소로 바꾸어 내기 때문이지요. 공간은 아주 실용적이고 도구적인 사고이지만, 장소는 매우 존재론적이고 인간적인 사고입니다.

민정 씨가 언급한, 바로 그 그리움 쌓인 곳이 장소입니다. 시간의 때가 묻고 마음의 보풀이 일어나는 곳, 그리하여 삶의 근원이 환기되는 곳 말입니다. 어쩌면 인간의 능력은 공간을 장소화하는 데서 오는 건지도 모르겠어요. 그것이 바로 일상 아닐까요.

오랜만에 받는 편지, 문득 하루에도 몇 번 버벅거리고 고꾸라지는 나의 일상을 돌아보게 하네요. 고마워요. 그런 불편함과 고단함, 거꾸러짐 속에서도 다시 일어나는 게 생명의 특징입니다. 생명의 원형은 다시 돌아가고, 다시 시작하고, 다시 꿈꾸는 것이지요. 내가 공동화된 부산의 원도심에서 백년어서원을 시작한 것도, 또 이를 나름 생명 운동이라고 말하는 것에도 그런 의미가 담겨 있습니다. 다시 회복하는 것, 그게 신이 주신 선물입니다.

순간순간 삶을 자각하고 성찰하는 일은 한 장 한 장

벽돌을 찍는 과정입니다. 그 벽돌이 아름다운 성채를 이룰 것을 알고 있음입니다. 다만 성채가 개인의 것이 아닌, 공동체 곧 공동선을 향한 장소이며 정신인 것이 중요하지요.

우리는 결국 한참 노년에 이르러서야 아니면 죽음 앞에서야 그 성채를 바라봅니다. 그러니 물리적이든 정신적이든 푸름이 깃든 넉넉한 성채의 이미지를 미리 가져보는 것은 어떨까요. 많은 사람이 자유롭게 또 환하게 오가는 열린 성채 말입니다. 아마도 웬만한 어려움은 신나게 뛰어넘을 수 있지 않을까요.

8월 마지막 주말에 '백년어 인문 캠프'를 다녀왔어요. 청소년 인문상에 응모한 스물일곱 명의 청소년들과 아담하고 고풍스러운 전통 한옥에서 지냈습니다. 시인과 소설가 들을 초청해서 1박 2일 동안 꼬박 글쓰기에 관해 공부했지요. 작가라는 이름표를 달고 있는 내게도 참 특별한 시간이었어요.

작가를 꿈꾸는 순수한 어린 고뇌를 만난다는 건 참 행복한 일입니다. 이 척박한 시대에 문학을 꿈꾸며 혼자서 언어와 사유라는 외로움을 대면하는 청소년들이 있다는 것만으로도, 지구라는 별이 푸른 것은 이유가 있다 싶었지요.

유년시절부터 무한경쟁에 돌입한 아이들을 보면 늘 가슴이 아픕니다. 끝없는 시험과 성과의 요구로 가득 차 있는 현실이 안타까우면서도 막상 그러한 현실을 만든 건 우리 어른들이라는 생각에, 아이들 앞에서는 늘 부끄럽고 자괴감이 듭니다. 하지만 함께 꿈을 꾸고, 문학을 이야기하고, 독서와 사유에 대한 방법을 고민하면서 하나씩 우리 앞에 얽힌 매듭을 풀어 갈 수밖에 없는 것도 현실이지요. 어찌 짧은 캠프만으로 우리가 답을 얻을 수 있을까요. 우리는 그저 순수한 열정이 우리를 구원할 수 있을 거라는, 다소 애매모호한 이상만을 얻었는지 모릅니다.

시와 소설을 쓰고 싶어 하는 아이들이 외롭지 않도록, 함께 있어 주는 것이 백년어서원이 선택할 수 있는 소중한 일일 거라는 생각도 들더군요. 문학이 지닌 무용無用의 힘을 나는 강력하게 믿고 있습니다. 아마 민정 씨라면 금세 공감하겠지요.

한병철 교수는 『피로사회』에서 자기가 자기를 착취하는, '긍정성'으로 과잉된 성과사회를 살게 되면서 우리 모두 우울하다고 합니다. 그러면서 무엇보다 인간이 되는 게 우선이라고 말하죠. 정말 우리 사회는 인간이 되는 법을 잃어버린 듯도 합니다. '할 수 있다'는 긍정성이 '해야만 하는' 그 무엇인가를 모두 지워버린 걸까요. 과잉된 긍정성이 우리에게 어떤 슬픔을 가져오는 걸까요.

그는 대안으로 사색적 삶을 권합니다. 이번 안부에서 민정 씨가 전해 온 일상의 힘에 크게 위로를 얻습니다. 낭만이란 감정으로 포장된 일상을 깨닫는 것도 참 고마운 일입니다. 내게도 도전이 됩니다. 자기를 합리화하는 낭만이 아니라, 함께 공감을 키워 갈 정직한 낭만이란 무엇일까. 나도 좀 더 고민해야겠네요. '할 수 있다'는 욕망보다는 '해야만 하는' '해서는 안 되는' 가치를 분별하고 선택하는 것도 일상을 가꾸는 방법 가운데 하나일 거라 믿습니다. 속도와 방향을 스스로 제어하는 일상이라면 충분히 너그러운 성채를 지을 수 있겠지요.

내게 서울은 굉장히 피로한 도시였고, 그 무한경쟁 속을 잠시 다녀오는 것만으로도 힘들었는데, 이제 민정 씨가 끌어안은 서울이니 내게도 특별하네요. 민정 씨가 쌓는 그리움이 그곳에서 빛나고 있을 터이니.

터무니없는 집값 앞에서

커다란 공연장에 덩그러니 피아노 한 대. 저벅저벅 걸어 들어온 백발 거구의 노신사는 풍채와 달리 섬세하고 부드러운 음표들을 너른 공간 가득히 끌어올립니다. 슈베르트 곡을 연주한 라두 루푸의 피아노 발표회를 찾았을 때 마주한 장면입니다. 행여 헛기침하는 것도 그 공기를 방해할까, 중간 휴식 때면 여기저기서 참았던 기침 소리가 쏟아지는 모습은 클래식 공연장 특유의 풍경이겠죠.

기둥과 기둥을 액자 삼아 보이는 계단의 단면과 바닥

의 질감까지 하나의 작품처럼 보이던 부암동 환기 미술관. 벽에 걸린 그림보다 공간 그 자체를 들여다보는 일에 더 많은 시간을 두었던 장소입니다. 공간 자체를 '감상感想'하여 온전히 받아들이는 과정은 선생님께서 말씀하신 '공간을 장소로 바꾸는 힘'과 닿아 있겠지요.

정신없는 서울살이지만 잠시라도 저를 비우고 또 새롭게 채울 수 있는 시간을 가지려 노력하고 있어요. 하지만 이렇게 조금은 특별한 체험을 선사하는 공간은 사실 일상과 거리를 두고 있지요. 아무리 부지런을 떨어도 매일 닿을 수는 없으니까요. 늘 자고 먹고 쉬는 집이야말로 일상을 건강하게 만드는 터전일 텐데, 서울살이에서는 이 집이 문제입니다.

처음에는 언니들이 서울에 살고 있어서 상경해 따로 집을 구할 일이 없었는데 직장이 정해지고 나니 회사와의 거리가 너무 멀었어요. 매일 출퇴근길에 서너 시간을 쏟아야 했죠. 집에서 밥을 해 먹은 적이 거의 없어요. 방 안 가득 음악을 채워 놓고 쉬거나, 차 한잔과 책 한 권을 잡고 뒹구는 시간을 갖는 것도 불가능했죠.

세 자매가 살기에 아주 좁지는 않았지만, '집'이라 하기엔 조금 부족했던 월세, 반지하, 자취'방'. 그곳에서도 한참 시간을 보내다 벌써 직장 2년 차. 이사하기 위해 집을 알아보면서 이제야 비로소 가족의 울타리를 벗어나 사회로 나온 어른이 된 기분이었습니다.

월급을 타면서도 제 손에 온전히 물리적 화폐로 쥐어 본 적은 없으니 통장에 찍히는 숫자로는 돈의 크기가 잘 가늠되지 않았어요. 열심히 일했고, 앞으로도 열심히 살 작정이니 이제는 '방'이 아니라 '집'다운 곳이면 좋겠다 싶어 나섰지만 웬걸요. 사회초년생의 힘으로 채울 수 없는 터무니없는 '0'의 개수에 깜짝 놀라고 말았답니다.

태초에 땅을 구분 지어 주인을 정하고, 값을 부르는 기준은 어디서부터 시작되었는지, 저 숫자들을 넉넉히 채우며 제 살 곳을 찾는 이들은 몇이나 되는 건지. 부채를 갚기 위해 다시 부채를 떠안아야 하는, 그렇게 마이너스 숫자만 주고받으며 늘어나는 이 허무한 굴레가 과연 해결되는 것일지 아득하기만 합니다.

우주의 법칙을 명료하게 알기 위해서는 더욱 간소하

게 살라던 법정 스님과 데이비드 소로우의 교훈이 이러한 현실 앞에서 과연 실천할 수 있는 것인지, 물음표가 자꾸만 찍히던 시간이었어요. 세상을 등지고 고독한 삶을 사는 것이 아니라 세상 속에서 살겠다고 결정한 순간 껴안아야만 하는 마이너스 숫자들. 뉴스에서 보던 남의 이야기가 아니었습니다.

그러다 멈추어 다시 생각합니다. '할 수 있다'는 긍정의 압박에서 벗어나 '해야만 하는' '해서는 안 되는' 가치를 선택하는 삶을 위해 더욱 건강해지자고요. 통장에 찍힌 마이너스 숫자를 플러스로 바꾸고자 버둥대는 욕망에 사로잡히지 말자 다짐합니다. 그리운 마음의 보풀이 일어나는 공간은 돈으로 만들어지는 것이 아니니까요.

선생님, 저는 제가 살아갈 공간이 저 자신과 같았으면 좋겠어요. 제 마음이 힘을 잃지 않고, 가치를 고민하고 선택하는 일을 거듭할 때 아늑한 배경이 되어 품어 주었으면 합니다. 선생님 말씀처럼 차 한잔, 책 한 모금, 좋은 음악으로 채울 수 있는 울타리면 충분하지요. 그곳에서 스스로를 돌아보고 마음 추스를 수 있도록 그런 가치 있는 것들로 공간을 꾸리려 합니다.

선생님, 그리운 공간을 생각하면 자꾸만 백년어서원이 떠오릅니다. 언젠가 말씀하셨지요. 말없이 구석에서 커피 한잔 마시다, 책 한 권 읽고 가는 분한테서 큰 힘을 받는다고요. 그분께도 백년어서원이 공간 자체로 힘을 주는 존재였을 거란 생각이 들어요.

그렇게 서로에게 기운을 북돋아 주는 삶의 원형. 그러한 공간의 힘, 이제 제 손으로 꾸려가야겠네요. 조금 겁나지만, 힘내어 보겠습니다. 백년어서원의 따뜻한 온도에 몸과 마음을 데우고 싶은 날입니다.

욕망이 아닌,
꿈을 닮은 집

서울은 그렇게 눈이 많이 왔다지요. 남쪽은 햇살이 환합니다. 옛날엔 눈 오는 마을이 즐거웠는데, 이렇게 햇빛이 눈물겨운 걸 보면 나이가 들어가는 게 분명한가 보네요.

민정 씨 편지를 읽으면서 월든 호숫가에 있는 소로우의 오두막을 떠올렸어요. 사진으로만 보았는데도 그 작은 방의 풍경은 나를 참 평안하게 했답니다. 일상을 극도로 단순하게 하고, 자연을 관찰하며 깊은 사색과 자신의 노동으로 삶을 실험했던 그의 기록은 참 큰 지혜를 우리에게 선물합니다.

"내가 숲으로 들어간 이유는 나 자신의 의지대로 살아 보기 위해서였다. 즉, 오직 삶의 근본적인 문제들만을 바라보며 삶이 나에게 가르쳐 준 것들을 깨달을 수 있는지 알기 위함이었다. 그리하여 죽음을 맞이했을 때, 삶을 헛되이 살지 않았다고 느끼고 싶었다. 산다는 것은 그만큼 소중한 일이기에 나는 진정한 삶이 아닌 삶은 살고 싶지 않았기 때문이다."

『월든』의 이 구절은 우리 안에 근원적으로 내재한 삶이라는 장소를 보여 준다는 생각이 드네요. 어딘가로부터 절연된 삶을 공언한다는 것은 두렵기도 또 선부른 일이기도 하겠지만, 그가 직접 실천하며 던진 물질문명에 대한 날카로운 지적은 오늘날까지 얼마나 큰 의미를 지니는지요.

집을 찾아다니다 아득한 숫자에 더 아득한 눈으로 먼 하늘을 바라봤을 민정 씨 모습이 떠오르는군요. 그런 현실이 가슴 쓰리네요. 모퉁이 집을 찾아다니고 작은 방을 들여다보고 통장을 다시 들여다보면서 실망감에 스스로 더 낮아지는 어깨들. 정말 간단한 현실도 아니고, 노력한다고 쉽게 다가설 수 있는 현실도 아니지요. 대한민국의 청년들이 그렇게 최선을 다하는데 말입니다. 어른으로서 부끄럽기만 하네요.

하지만 어려운 현실이라는 도그마에 갇히지 않는 게 중요합니다. 장소는 꿈을 닮아갑니다. 민정 씨가 지금 나만큼 나이를 먹었을 때 어떤 장소에 있을까 기대됩니다. 민정 씨가 말한 대로 우리가 살아가는 공간은 우리 자신을 닮아가니까요. 큰 꿈을 품으면 그만한 장소가 선물처럼 준비되어 있습니다.

모든 공간은 시간의 다른 이름이니 너무 서두르지 마세요. 이 세상에 온 이상 운명적인 장소가 마련되어 있으리라 믿읍시다. 집을 소유의 가치로만 생각하지 않으면 어딘가에 준비된 아름다운 장소를 발견할 수 있을 거예요.

민정 씨가 이미 이해하고 있는 것처럼 집도 소유의 개념이 아니라, 존재의 방식으로 이해하면 훨씬 행복해집니다. 지식과 지혜의 개념이 다른 것처럼 말이에요. 지식은 소유를 본능으로 하고 축적하면서 욕망의 바탕이 됩니다. 반대로 지혜는 자꾸 버리는 과정이고 타자를 지향하는 일이고 존재의 바탕이 되지요. 집을 아름다운 지혜로 삼으면 또 편하지 않을까요. 이미 우리는 삶이라는 아름다운 장소를 가진 사람들이니까요.

2009년 봄, 백년어서원은 모두가 반대하고 또 의아해하는 부산의 원도심인 동광동에 자리잡았습니다. 주변 분들은 인문학을 표방하고 있으니 좀 더 그럴싸한 문화적인 공간이나 대학가를 권했지만, 저는 굳이 이 잊히고 버려진 뒷골목을 고집했습니다.

그래서 우리는 장소를 갖게 되었지요. 장소를 가꾸는 일은 기억을 회복하고 가치를 찾아가는 공부의 방식입니다. 우리는 모두 보이지 않는 자기만의 장소를 창조하는 중이지요. 그것이 삶입니다.

자주 웃고 많이 웃는 것. 현명한 이에게 존경받고, 아이들에게 사랑받는 것. 정직한 비평가의 찬사를 듣고, 친구의 배신을 참는 것. 아름다움을 식별할 줄 알며, 다른 사람의 장점을 발견하는 것. 건강한 아이를 낳든, 한 뙈기의 정원을 가꾸든, 사회 환경을 개선하든, 자기가 태어나기 전보다 세상을 조금이라도 살기 좋은 곳으로 가꾸고 떠나는 것. 자신이 한때 이곳에 살았음으로 인해서 단 한 사람의 인생이라도 행복해지는 것. 이것들은 에머슨이 말하는 성공에 대한 정의입니다.

이미 잘 알고 있다고 생각했지만, 나이가 들면서 체험적으로 명확하게 다가오는 내용입니다. 이만하면 우리는 삶이라는 장소를 충분히 확보해 내지 않을까요. 힘을 냅시다. 감기 조심하고. 안녕을 전합니다.

셋。

세상을 이해하는 시간

건강하고 자연스럽게 나이든다는 건

갑자기 들이닥친 기적 같아 보여도 자연은 오랜 준비를 했겠죠. '봄!' 하고 종이 울렸을 때, 싹을 틔우고 꽃을 피우는 자연의 일은 참 배울 만합니다. 별똥별이 떨어질 때 비로소 소원을 생각하는 우리에게는요.

소원을 빌 때면, 늘 가족의 건강을 바라곤 했는데 작년 이맘때 할머니가 알츠하이머 판정을 받으셨어요. 엄마가 조부모님의 생활을 돌봐 드리기 위해 부산에서 남해로 내려가 지내신 지도 1년이 됐죠.

엄마는 어쩜 그리 강하신지 놀라워요. 할머니 앞에서 아이의 눈높이에 장단 맞추는 유치원 선생님이 되세요. 제 마음속 엄마는 그저 곱기만 한데, 집에 내려갈 때마다 얼굴에 조금씩 진하게 세월이 새겨지는 걸 보면 코끝이 짠해집니다. 어디 아프다는 이야기가 전보다 잦아지셔서 시간의 속도가 무섭게 느껴지고요.

예전에는 나이를 묻는 말에 스물다섯, 스물여섯, 망설임도 없이 대답했는데 요즘은 나이가 퍼뜩 떠오르지 않아서 85년생이라 답하곤 해요. 제가 곧 서른이라뇨! 어른들 말씀에 시간의 속도가 나이만큼 빠르게 달린다더니 정말이에요. 이렇게 말하면 선생님, 웃으시겠죠?

제 나이를 셈할 때도 놀라지만, 부모님 연세를 마주할 때마다 언제 이렇게 시간이 흘러버렸나 싶어요. 올봄엔 아빠의 퇴직 소식을 전해 들었어요. 제게 아빠는 정말 커다란 영웅인데 혹여나 어깨가 내려앉지는 않으실지 걱정이 앞서요. 물론 이런 생각이 무색하게 오랜만에 만난 아빠는 여전히 장난기 많고, 새롭게 제2의 인생을 준비하시며 저보다 더 청춘이셨지만요.

내색하지는 않으셔도, 한때 꿈꾸던 목표를 끝내 당도하지 못하겠다 결론 내신 뒤 많이 힘드셨으리라 짐작합니다. 멋스럽게 말씀드리지 못했지만, 다시 시작하는 아빠의 청춘, 두 번째 봄을 더욱더 뜨겁게 응원해 드리고 싶어요.

종교가 있는 사람은 경전을 반복해 읽으면서 삶을 구하는 문장을 건진다고 하지요. 종교가 없는 저는 좋은 글을 읽으며 뿌연 마음을 환하게 밝힐 단어와 표현을 건져 올리곤 합니다. 그중에서도 『씨네21』 김혜리 기자의 글을 좋아해요. 그의 문장은 한 호흡에 훅 읽히지 않고, 자꾸 마음에 걸쳐져요. 꼭 제 마음 같아서요.

그가 펴낸 인터뷰집 『진심의 탐닉』에 나오는 소설가 김연수와의 대화가 무척 인상적입니다. 실패한 인생이란 어떤 것이냐 묻자, 김연수 작가는 "가짜로 산 인생"이라 답해요. 자기 경험 없이 보편적 이야기만 하는 성공한 사람들이 그리 보인다고요.

결과보다 과정이 중요하다는 건 때론 변명이지만, 사소한 배려와 눈에 잘 띄지 않는 것들 마저 끌어안는 과정의 아름다움은 때론 실패마저 빛나게 만듭니다.

선생님, 무서운 시간의 속도를 달리면서 삶의 중요한 가치 두 가지를 꼽게 되었어요. '건강함'과 '자연스러움'이요.

과장된 의미 두기로 힘들어 하지 않고, 주어진 현실을 건강하게 꾸리는 것. 몰아닥치는 시간의 흐름에 더 자연스럽게 적응하는 것. 건강한 노력은 아낌없이 하되, 애써도 닿지 않을 것은 억지로 붙잡지 않아야겠다고 생각해요. 하지만 아직 자연스럽지 못하고 언제나 실수투성이로 시작합니다.

그저 봄을 준비하는 자연을 따라, 제2의 인생을 준비하는 아빠를 따라, 나이듦을 결과가 아닌 과정으로 이해하고 살아가려 합니다. 저의 진짜 인생은 그 안에 있겠지요.

제가 사랑하는 사람들의 건강과 행복을 빌 때 선생님을 생각하는 것은 어느덧 자연스럽습니다.

사는 일에는
애틋함이 필요합니다

'고마워라.' 민정 씨 편지를 읽으면서 소붓하게 차오르는 느낌은 고마움입니다. 고뇌하는 일, 사랑하는 일, 주변을 이해하는 일 그리고 그것을 직시하며 관계를 발견하는 일. 이 모든 것에 최선인 젊은 친구란 얼마나 소중한지요.

그래요. 건강함과 자연스러움, 이것을 노자는 무위자연이라고 했습니다. 최선을 다하면서도 결과에 연연하지 않고, 과정 자체에 존재 의미를 두면서 생명을 수용해 나가는 것. 마음으로 끄덕여도 실천은 절대 쉽지가 않습니다. 깨달았다면 그것을 몸에 익혀 나가는 연습을 해야 합니다. 몸이 익숙해지지 않으면 얻은 것이 아니기 때문입니다.

익숙해지기 위해서는 천천히 나이들어가는 시간의 지혜를 빌릴 방법밖에 없습니다. 어느 순간 얻었다 싶어도 금세 잃고, 실망하다가도 조금씩 체득해 나가는 우리의 미련하고 근근한 일상을 믿는 수밖에요.

민정 씨는 멀리 있어 못 왔지만, 백년어서원 4주년 기념 특강에 이현주 목사님이 오셔서 '사랑 아닌 것은 없습니다'라는 주제로 강연을 해 주셨어요.

결국 사랑만이 모든 방편이고 모든 지혜라는 말. 무엇보다 영성은 평범하고 상식적인 것이며, 일상 속에 있다는 말이 내 가슴에 닿았습니다. 영성은 엄청난 수행과 공부가 필요하다 여기고 우리는 늘 다짐만 하지만, 사실은 일상 속에서 우리가 만나는 사람들, 그들과 함께하는 실천적 행위 속에서 영성은 진화한다는 말씀을 들었습니다. 그래서 우리의 일상이 중요한 것이겠지요.

모든 것을 무릅쓰고 6월 초에 티베트 카일라스 순례를 떠납니다. 수미산이라고도 불리는 카일라스산은 불교나

힌두교, 자이나교의 성지예요. 우주의 정신적 중심이라고도 일컬어지는 곳이죠.

파키스탄에서 파미르고원을 넘어 중국 카슈가르에 닿는 여행, 인도 북부 다람살라에서 라다크 지역을 관통하면서 레에 머물던 여행, 몽골 중원을 하염없이 달리던 여정 속에서 만나던 광대한 자연을 떠올리며 이번 여행을 계획했습니다.

마음이 극한 상황에 쫓기면 그 숭엄하던 자연을 떠올리곤 했어요. 그러면 영혼이 순환되며 가슴 속의 먼지들이 씻겨지곤 했지요. 백년어서원의 일상이 자꾸 나를 종종거리게 하면서 몸과 마음이 함께 피폐해진 것을 느끼고, 오래 기원했던 카일라스 여행을 선택했습니다. 인터넷에서 찾은 카일라스 이미지를 프린트해 책상 위에 붙여 놓은 지 여러 해 되었어요. 시간도 재정도 다 무리지만 모든 우연 속의 필연을 다시 기도할 수밖에 없음을 믿고 떠나려 해요.

민정 씨의 어머님과 아버님 소식을 들으면서 '아름다운 딸'이란 또 얼마나 소중한지 느낍니다. 인간이란 얼마나 많은 과정을 거쳐 배우는 걸까요. 나는 가족에게 참 부끄러운 편입니다. 글 쓴답시고, 백년어서원 운영한답시고 지칠 대로 지쳐 직분을 버렸다고 할까요.

건강하지도 자연스럽지도 못한 일이었다고 스스로 반성합니다. 식구들에게 진 엄청난 빚을 이제 와서 어찌할까 싶어요. 민정 씨는 사랑이 필요한 부모님께 더 많은 것을 나눠 드리길 바랍니다.

우리에게 절실한 것은 애틋함입니다. 입버릇이 된 '지극함'과도 비슷한 말이지만 애틋함은 연민의 근원이지요. 우리가 사는 일에는 모두 연민의 힘이 필요합니다. 연민을 잃어버린 우리 사회는 시시비비를 따지는 일로 바쁩니다. 그래서 더 많은 법과 재판이 필요하게 되었고 죄와 벌이 많아진 세상이 되었습니다.

이것을 극복하는 일은 애틋한 마음으로 서로를 바라보는 것이에요. 우리 억지로라도 그 마음을 배워 갑시다. 때때로 쓸쓸하고 억울해도 그렇게 살다간 아름다운 영혼들이 있음을 기억해 냅시다. 의식과 무의식의 모든 경계 속에서 우리는 존재합니다.

새푸르던 신록이 초록으로 짙어지는 걸 봅니다. 저 잎이 단풍 들고 이내 흩날리다 마른 가지만 남겠지요. 이것을 잘 이해한다면 어떤 열정도 고독도 낯선 일이 아닙니다. 열심히 잎을 내고 아름답게 물들고 흔쾌히 떨어지고 또 기다리기로 해요. 거기에 생명과 관계의 모든 이치가 담겨 있으니.

우리의 소박한 나눔이 사회의 구조적 욕망을 쉽게 이겨낼 수 없다는 건 잘 알지만 지금은 기도企圖, 그 자체가 아름다운 모험이고 도전입니다. 그래서 근원을 직시하는 시선을 잃지 않는다면 사소한 모든 일상은 창의적인 힘을 가지겠지요. 그것이 애틋한 마음의 뿌리입니다. 우리가 싸우는 대상은 물질 중심의 가치이지만, 물질은 우리를 표현할 수 있는 도구이기도 하니까요. 우리에게 주어진 이 세계를 잘 사용해 봅시다.

매 시간을 위대한 일상으로 만드는 민정 씨가 참 미덥네요. 정말 고마워요. 거대한 도시 속에서 마음 잘 챙기길.

어른의 우정이란 무엇일까요?

비가 길게 오더니 늘어지게 여름입니다. 개나리가 핀다, 목련이 핀다, 벚꽃이 날린다며 걸음마다 감탄해 반겼던 봄의 기억은 전혀 없던 일처럼 여겨집니다. 축축한 몸은 지구 사랑보다 먼저 시원한 에어컨의 시혜에 자주 항복합니다.

저는 이렇게 피서避暑하는 날들의 연속인데, 작렬하는 태양을 온몸으로 떠받든 나무들은 이 계절 더욱 푸르릅니다. 선생님, 자주 해 주시는 말씀처럼 자연 앞에서는 늘 반성할 것 투성이에요. 티베트가 품은 자연은 어떠하셨나요. 여행 소식을 듣고 진심으로 응원했어요. 선생님의 맑은 눈에 오래 남겨질 풍경들을 보며 행복한 기운 충전하셨으리라 기대해요.

"언젠가 우리 그런 이야기한 적 있잖아. 사람이 행복한 감상에 젖는 것은 행복했던 맥락에 가까워질 때라고. 과거에 좋았던 순간들이 많은 사람이면 자주 행복한 맥락에 접하겠지." 제가 작년, 오스트리아 레오폴드 미술관에서 집어 온 엽서에 적어 친구에게 건넨 말입니다.

여행에서 좋았던 순간은 일상 속 비슷한 경험을 통해 문득 떠오르곤 하지요. 빈의 골목길 안, 허름한 카페에서 커피 한잔을 천천히 마시며 일기를 쓰던 기억이 때때로 커피 향에 묻어 되풀이되는 것처럼요. 여행이 주는 좋은 의미는 무수하지만 선생님은 이번 여행에서 어떤 기억을 안고 돌아오셨을지 궁금합니다.

이렇게 안부를 주고받을 수 있는 어른이 있다는 것이 때때로 얼마나 감사한지요. 요새는 소셜 네트워크를 통해 쉽게 자기 이야기를 올릴 수 있지만 목소리의 경중이나 말투, 표정이나 뉘앙스가 생략된 기록은 많은 사람에게 전달

될 가능성을 가지는 동시에 아무도 관심 두지 않는 이야기가 될 수도 있는 것 같습니다. 그 속에서 저마다의 외로움이 짙고요.

일상의 시시콜콜한 이야기가 허공에 흩어지지 않고 가닿을 도착지가 있다는 사실이 무척 든든한 위로가 됩니다. 학교 다닐 때는 살아가는 속도가 비슷한 친구들이 늘 곁에 있으니 잘 몰랐어요. 서로의 일상을 애틋하게 바라봐 주는 사람의 힘을요.

선생님 말씀처럼 연민을 잃어버리고 시시비비를 따지며 사람을 대하는 이 세상에서 서로의 안부를 챙기며 마음 둘 자리를 만든다는 것은 참 소중한 일입니다.

선생님, 그런데 소중한 사람을 가꾸는 일이 쉽지만은 않네요. 곁에 사람들이 아무리 많아도 가시지 않는 외로움이 있기도 하고요. 결국 사람이 제일 어렵다는 생각이 숱하게 들어요. 사람을 대하는 일은 기계를 대하는 것과 다르니 늘 얼마만큼 예상을 비켜간 반응을 마주합니다. 기대보다 감동하기도 하지만 예상보다 훨씬 더 어려운 숙제로 고달파지기도 하죠.

제 마음이 사람으로 괴로웠던 까닭을 떠올려 보면 하나, 기대가 컸거나. 둘, '나라면 그러지 않았을 텐데' 하는 대입법으로 생각했거나. 셋, 이해를 구할 설명을 충분히 하지 못한 경우였습니다. 낱낱이 나열하자면 때마다 다른 이유가 많겠지만 대체로 이 세 가지 이유로 괴롭거나 섭섭한 마음이 시작되곤 했어요.

그래서 생각합니다. 사람을 대하는 일이야말로 '자발적 가난'이 필요하다고요. 기대를 내려놓고 곁을 내어 주는 것이 편하게 우정을 나누는 방법이겠죠. '나라면 아닐 텐데' 말고 '너라면 그럴 수도 있겠다' 생각하면 또 편해집니다. 그리고 천천히 관계를 풀려고 마음먹으면 조급함이 가시고 얼마간 평정이 찾아옵니다. 그렇게 시간의 힘에 기대어 괜찮아지곤 했어요.

하지만 가까운 인연이야말로 소중하다는 사실을 번번이 놓쳐 버리니 잘하려면 어렵습니다. 그래서 잘 모르는 사람에게는 오히려 좋은 사람이 되기 쉽다는 생각이 들어요. 깍듯하게 예의를 지키고 좋은 면만 보이려고 애쓰면 되니까요. 가장 깊은 곳의 외로움이야 애초에 누군가의 위로에서 해결될 것이 아니라 제가 껴안아야 할 몫이기도 하고요.

그러다 보면 시간이 갈수록 마음의 빗장이 켜켜이 쌓이는 것 같아서 어쩐지 쓸쓸합니다.

매일 일상과 사람에 치이다 오랜만에 어릴 적 친구들을 만났어요. 성인이 되어서는 서로의 여건에 따라 멀어졌다가 가까워지는 부침을 겪고 있지만, 성장기를 함께해 삶의 중요한 가치를 바라보는 눈이 비슷하기 때문일까요. 본질을 깊게 응원받는 느낌이었어요.

마음만 애틋해서 미안한 가족, 맹세했던 '영원한 우정'이 뿌옇게 바랜 친구들, 예의를 먼저 생각하게 되는 사회적 관계. 그 속에서 아프고 상처받을 때도 있지만 시간을 쌓아 나가면서 만져지는 단단한 인연은 결국 저에게 행복은 혼자가 아닌 함께 나아가는 기쁨이라고 알려줍니다.

선생님, 말씀하신 근원을 직시하는 시선이 곧 사람을 가꾸는 일에도 열쇠가 되겠죠. 마음에 품고 실천력을 기르겠습니다. 무더위에 무엇보다 건강하셔요.

지금,
이 순간의 배려

티베트에서는 좀 우울했어요. 순례자들의 성지인 카일라스는 지구의 배꼽으로 여겨지는, 정신적 에너지의 근원지입니다. 티베트인들이 생애 한번은 오체투지로 순례하길 꿈꾸는 영적 기운이 뛰어난 곳이니, 그곳을 다녀오면 나 또한 오염된 영성이 회복되지 않을까 하는 기원이 간절했지요.

그러나 중국에서 칭장 열차로 라싸에 도착하면서부터 이내 발길이 쓸쓸해지기 시작했어요. 이렇게 웅장하고 아름다운 포탈라 궁에 달라이 라마가 다시 돌아오지 못할 거라는 생각 때문이었지요. 몇 년 전 다람살라에서 달라이 라마 존자의 설법을 직접 들은 적이 있습니다. 일주일 동안 아침부터 저녁까지 입보리 경전을 공부한 귀한 시간이었죠.

기독교인이지만 그때 달라이 라마로부터 직접 보살계를 받고 늘 스스로를 들여다보려고 노력했어요. 다람살라를 떠나오며 다시 그분을 뵐 수 있을까 생각하니 눈물이 솟구치더군요. 그 따뜻하고 환한 웃음을 가진 노인이 자신의 손때가 묻은 포탈라 궁에 못 돌아오고 있는 현실을 생각하니 정말 가슴 밑바닥이 저릿저릿 아파왔어요.

그리고 서 티베트의 광활한 땅을 달리는 내내 중국화된 티베트를 보는 일도 고통스러웠어요. 우리에게도 식민지 역사가 있고, 얼마나 회복하기 어려운 상처인지 잘 알기에 더 그랬을까요. 서 티베트 고산지대의 끝에서 끝까지 잘 닦아 놓은 길을 보면서 중국의 엄청난 힘을 실감했고, 티베트를 본래 자리로 회복하는 건 쉽지 않을 것 같아 억울한 마음도 들었습니다.

그러면서 오랜만에 훌쩍 떠나온 이번 여행이 마냥 행복할 수 없다는 걸 깨달았지요. 티베트 자연의 광대함, 양치는 유목민들의 부지런함과 유쾌함이 가슴에 닿으면서도 빼

앗긴 땅이라는 사실에 참 아팠어요. 초원에서부터 설산까지를 달리는 20여 일 내내 역사란 무엇일까, 새기면서 걸었습니다. 참 광활한 슬픔이었어요.

민정 씨가 보내 주는 우정과 신뢰, 고마워요. 나도 마찬가지입니다. 민정 씨와 이런저런, 시시콜콜하면서도 우리를 일으켜 세우는 얘기를 할 수 있음이 얼마나 넉넉한지 모릅니다. 민정 씨는 내게 소중한 벗입니다. 사려 깊고 영민한 친구가 곁에 있다는 것도 복이지요. 자기 생각을 오롯이 관계에 대한 가치로 키워 나가는 민정 씨가 멋있습니다.

친구들과의 경험을 통해, 개념이 아니라 실천에서 삶을 배우는 모습도 참 좋네요. 실천하면서 개념을 익힌다는 말은 진심과 전심의 시간을 살아가는 방법입니다. 개념만 익혀 이론만 내세우는 지식인이 너무 많습니다. 이들이 이 사회에 불신을 낳는 요인이 아닐까요. 이론과 실천이 괴리된 사회는 깨진 바가지 같을 수밖에 없습니다.

사람 가꾸는 법, 관계에 대한 민정 씨의 고뇌에도 공감이 갑니다. 하지만 이 고뇌에는 모든 진리가 그렇듯 해답이 주어지지 않을 거고, 아마 죽는 날까지 반복되고 반복될 거예요. 우리는 모두 단독자입니다. 혼자 온 길, 혼자 가는 것이고 그 사이의 모든 동행은 하나같이 축복이지요.

성경에 '사람은 넘어지는 울타리'라는 구절이 나옵니다. 사람에게 기대면 함께 넘어집니다. 사람은 그저 내가 사랑하는 존재일 뿐입니다. 사랑은 절대 기대는 것이 아닙니다. 동행이란 나란히 걷는 것이죠. 내가 홀로 서고, 상대방도 홀로 설 수 있도록 도와주는 것이 인연의 출발점이 되어야 할 것입니다.

기대는 울타리가 아니라 서로 바라봐 주고 그저 사랑하는 것만이 절실한 거지요. 기대는 것 말고, 기대하는 것 말고, 그냥 '기다림'은 어떨까요. 무관심은 위험한 것이니까요. 기다려 주고 다시 기다려 주고…. 나중 보면 모두 돌아와 우리 앞에 아름다운 꽃으로 피지 않을까요. 기다릴 줄 아는 사람은 아직 피지 않은 꽃잎과 향기를 믿는 사람입니다. 기다림이 곧 배려이고 환대이며 인문정신입니다.

순간순간이 모여 영원이 됩니다. 지금 만나는 사람에 대한 예의가 모여 영원한 사랑이 되는 것이지요. 잠시 일손을 멈추고 편지를 쓰는 이 시간 또한 영원일 거예요.

지금 사랑합시다. 그것밖에 인연을 가꾸는 다른 방법은 없습니다. 때로는 고지식한 짝사랑이 구원일지 모르지만, 타자를 배려하지 않는 최선은 최악이 될 수도 있습니다. 참 두려운 말이지요. 다른 사람에게도 최선이 될 때 비로소 나의 최선은 아름답습니다.

다음 편지는 쿠바에서 쓸 것 같아요. 한국문화예술위원회에서 국제교류작가로 쿠바에 파견해 준답니다. 아바나에서 3개월 머무를 예정이에요. 가서 다양성이 그대로 역동적인 물결을 이루는 기층문화를 보고 올 참입니다.

정치적으로나 경제적으로 취약한 나라이지만 문화가 살아 꿈틀거리는 거리, 거기서 많은 숙제를 풀고 싶네요. 그들의 삶과 그늘 속에 오늘 우리 사회가 당면한 여러 정신적 위기를 위한 어떤 답이 있을까 궁금합니다. 다문화 사회가 열린 우리 현실을 염두에 두고 다녀오려고요. 건강 잘 챙겨요. 더욱더 유쾌한 정신을 위하여.

암이라고 합니다

'크로키'라는 단어를 바라봅니다. 언젠가 제 이름으로 책을 낼 수 있다면 꼭 이와 같으면 좋겠다 싶은 책이 한 권 있어요. 소설가 한강의 『사랑과, 사랑을 둘러싼 것들』입니다. 이 책의 부제는 '그해, 내게 머문 순간들의 크로키'예요.

이 책은 작가가 1998년 여름, 미국의 소도시에서 개최된 국제창작 프로그램에 참가하며 만났던 사람들에 관한 이야기를 담고 있어요. 선생님께서 쿠바에 가신다니 문득 이 책이 떠오르네요. 선생님도 쿠바에서 책 속 마흐무드처럼 멋있는 영혼들과 조우하고 계실까 상상해 봅니다.

마흐무드는 팔레스타인에서 온 소설가라고 해요. 분쟁국에서 주거지를 수시로 바꾸며 살았던 탓에 소설이라 부를 수 있을까 싶게 짧은 글을 썼던 사람. 시에 가까운 소설 속에 예민한 감수성을 담아 내는 체격 굵은 남자로 묘사되어 있지요.

"사랑이 아니면, 인생은 아무것도 아니야. 사랑을 둘러싼 것들이 고통스럽지. 이별, 배신, 질투 같은 것. 사랑 그 자체는 그렇지 않아." 시와 같은 그의 이야기에 한동안 저는 내내 달게 취해 있었어요.

메일로 짧게 보내 주신 쿠바의 안부에서 독립운동을 한 시인이자 사상가인 호세 마르티의 이야기를 해 주셨는데, 어떠신가요. 그의 흔적을 좇다 눈물짓는 순간을 보내셨겠죠. 어떤 사랑의 존재를 만나셨나요. 쿠바에서 그리는 선생님의 크로키에는 어떤 순간이 담겨 있을까요?

돌아오시면 산문집을 읽듯 곁에 앉아 내려 주시는 커피를 마시며 오래 이야기 듣고 싶어요. 한 사람을 만나, 그이의 이야기를 듣는 것은 좋은 책을 읽는 시간과 같다는 생각이 들어요. 아, 순서가 바뀌었네요. 좋은 책도 사람으로부터 시작되는 것이니까요.

선생님께서 말씀하신 기다림은 오래 두고 새겨보려 합니다. 우리 각자가 '단독자'라고 하시니, 저를 둘러싼 인연을 기다리는 일에 조금 더 자신이 생깁니다. 기다리다 돌아와 서로의 이야기를 들려주는 시간이 있다면 찐하게 감사하려고요. 그 순간을 위해 저는 더 귀를 열어 보려 해요. 제가 기대하는 누군가의 이야기처럼 제 이야기도 잘 써 내려가야겠지요.

참 우습게도 글 쓰는 일을 직업으로 삼을까 꿈꿨던 사춘기 즈음의 제 콤플렉스는 생의 굴곡이 너무도 없다는 점이었어요. 막내딸로 태어나 가족의 사랑도 넉넉히 받았고 외로울 때 맘을 누일 친구도 늘 곁에 두고 지냈고요. 커서는 이별 한 번 없는 긴 연애를 했으니 누군가의 깊은 상처를 이해한다고 말하기에 제 생은 넘치게 복 받았었죠. 곧 서른을 앞둔 나이까지 크게 아픈 일도 없었고요.

그런데 올해 가을 정기 건강검진에서 갑상샘암 진단을 받았습니다. 아주 초기라고 하지만 '암'이라는 글자의 위력에 놀라 허둥거리며 며칠을 보냈어요. 그리고 드문드문하던 생각을 마음속에 선명하게 떠올렸죠.

아픔을 겪어야만 누군가의 아픔을 이해하는 건 아니라는 사실과 나보다 더한 아픔을 찾아 내 상처를 위로하지 말자는 거였어요. 진단 소식을 접하고 위로가 된 건 비슷한 상황을 겪고 이겨낸 사람들의 이야기가 아니라 그저 저를 사랑하는 사람들의 따뜻한 마음이었어요.

덕분에 지금 순간을 잘 넘기고 인생의 다음 장을 그려 나갈 저를 상상하면서 힘을 냈습니다. '지금'이 모여 '영원'이 되듯, 순간의 '크로키'를 모아 인생이라는 그림책을 엮어 내는 것일 테니까요.

올해는 유난히 단풍이 든 가을 풍경을 눈과 마음에 많이 담았어요. 고개를 꺾어 하늘을 올려다보면 아기 손바닥만 한 붉은 단풍이 별처럼 떠 있던 장면, 은행잎이 노오란 빛으로 비처럼 내리던 장면을 이 가을의 크로키로 남겨 두려 합니다.

몸과 마음
환하게 지켜내길

"잘 지내나요?"로 시작하려 했는데 그렇지 못하네요. 갑상샘암이라니…. "건방지게. 젊은 친구가" 하고 덧붙이고 싶네요. 그래요. 놀라지 맙시다. 당황하지 맙시다. 그래도 견딜 만한 시련 같으니. 부모님들이 얼마나 놀랐을까 싶네요.

서울서 너무 스트레스 받는 건 아닐까 걱정합니다. 몸이 보내오는 신호이니 잘 살피기를. 밝은 성격의 민정 씨라서 밀려오는 서울살이의 압박도 잘 넘기리라 믿었는데. 하여튼 사랑하는 사람들을 생각해 몸을 잘 돌보길 바라요. 건강이 가장 큰 사랑의 방식이니까요.

이젠 온통 낙엽들이 거리를 쓸고 있겠군요. 아바나에 온 지 한 달입니다. 길다면 긴 시간이지만, 나름 쿠바 공부를 해 보고 싶은 사람에게는 아이고, 벌써, 싶습니다. 그동안 배운 게 정말 많은데 그중에서도 중요한 건 자긍심이에요.

이들은 가난합니다. 물자가 너무 부족해요. 물질이 곳곳에 넘쳐나는 우리 사회에서는 상상도 못 할 지경으로 부족한 것투성이죠. 가게도 시장도 있지만 물량이 적고 소박합니다. 달걀과 물과 밀가루와 채소를 사려면 각각 다른 방향으로 찾아다녀야 합니다. 제철이 아닌 것은 아예 구할 수도 없습니다. 감자조차 철이 지났다고 구경하지 못했고, 며칠 전엔 앞날 보았던 냉동 소시지를 사러 갔는데 냉동고가 바닥나 있어 당황했지요.

그러나 거리에서 만나는 사람들은 활기가 넘칩니다. 모두 웃거나 떠들거나 노래를 부르고 있습니다. 이해하기 어려웠지요. 이건 도대체 무엇이지? 어디에서도 만나지 못했던 풍경입니다. 스페인을 비롯한 유럽 몇 나라와 인도, 티베트와 중국, 중남미와 사하라 등을 여행하며 다양한 문화를 접했지만 아바나 거리의 활기는 뜻밖이었어요. 사회주의 국가라는 편견 때문이었을까요.

그건 자긍심이었습니다. 우리 사회에선 보기 어려운 것이지요. 성과주의가 전부인 사회는 구성원들의 마음을 주눅들게 합니다. 쿠바 사람들의 여유와 즐거움은 무엇 때문일까 생각해 보았어요. 대체로 건장한 체격과 큰 목소리 때문에 그렇게 보이는 걸까. 대학까지 무료인 교육과 무료 의료 시스템 때문일까. 한국 돈 1,000원이면 시내버스를 50회 이용할 수 있는 복지 시스템 때문일까. 중남미에서 가장 안전한 치안이나 어디 국가보다 뛰어나다는 재해 예방 시스템 때문일까. 가난한 환경에도 거리에 넘쳐나는 유쾌한 웃음들이 많은 질문을 던지게 합니다.

한때 미국에 의해 악의 축으로 규정되기도 했던 쿠바가 대안사회의 모델로도 평가받는 까닭을 조금씩 이해하게 됩니다. 일단 그들의 자긍심에 대한 해답은 바로 소유가 아니라 존재가 아닐까 합니다.

물론 그들도 불만이 많습니다. 그리고 돈을 벌어야겠다는 열망도 크죠. 시장경제가 들어오면서부터 사람들 사이에 삶의 격차도 생기기 시작했고요. 그러나 놀라운 건 그 모든 사회 문제들이 그들을 주눅들게 하지 못했다는 거예요.

내가 여기서 집중적으로 공부하고 있는 건 호세 마르티라는 인물의 사상입니다. 쿠바의 정신과 정서의 큰 뿌리인 그는 위대한 시인이면서 사상가입니다. 스페인 식민지의 억압에서 자유를 획득하고자 했던 독립전쟁의 영웅인 그의 사상은 한 마디로 '평등'입니다. 그는 열여섯 살에 독립전쟁에 참여하기 시작해 마흔두 살에 전쟁터에서 죽습니다. 평생을 반제국주의자로서 쿠바 해방에 몸을 바친 거지요.

우리가 잘 아는 체 게바라도 평등한 삶을 위해 싸우다 서른아홉 살에 죽습니다. 그들이 보여 준 건 이론이 아니라 앞장선 실천이었는데, 그것이 오늘날까지 남아 쿠바 사람들에게 자부심을 불어넣어 주는 원천이 된 듯합니다. 또 쿠바 사람들의 예술적 열정도 그들의 자긍심을 이루는 큰 바탕입니다. 그 힘은 여러 인종이 혼합하여 낳은 다양한 피의 문화입니다. 호세 마르티 역시 "우리를 자유롭게 하는 것은 문화다"라고 말한 바 있습니다.

결국 혁명의 지속은 문화적 혁명의 지속을 말하는 게

아닐까요. 그것은 목적이 의식화된 혁명이 아니라 인간을 자유롭게 하는 일상적 혁명이며, 일상적 욕망과 관계를 개선하는 혁명은 문화적으로 계속되어야 하는 것이지요.

쿠바엔 아무리 많은 불만이 있어도, 어떠한 욕망이 있어도, 그 불만이나 욕망이 사람들을 삼켜 버리지 못합니다. 쿠바인들에겐 근원적인 생명감이 있습니다. 그래서 그들이 강인해 보이고 당당해 보였나 봐요. 쿠바에서 지내다 보면 인간적으로 산다는 것이 무엇인지 선명하게 다가오고 그 실천은 가능하다고 믿게 됩니다. 결국 욕망의 문제입니다.

욕망을 다스리려면 감수성의 회복이 우선이고 이를 위한 문화예술을 구조적으로 정착시키는 게 중요하겠지요. 사실 처음엔 저도 겹겹 껴입고 있었던 문명 때문에 쿠바의 하루하루가 여간 불편하지 않았어요.

하지만 소유를 따라가면 불편한 것투성이던 쿠바가 존재를 따라가자 이만큼 편하고 유쾌한 곳이 없게 다가왔어요. 좋은 글을 써야겠다는 욕심이 오히려 순간의 느낌을 방해할까 봐 하나씩 천천히 모든 것을 응시하고 있습니다. 지루할 정도로요.

민정 씨. 건강에 어떤 신호가 왔다는 건 몸과 마음에 하나의 기점이 되지 않을까요. 민정 씨의 일상도 자긍심으로 반짝이길. 주변에 어떤 고단함이 있어도 거기에 자신을 뺏기지 말기를. 삶을 욱여싸는 고통이 달려와도 몸과 마음을 환하게 지켜 내기를. 손님처럼 온 병마를 따뜻하게 대접해서 잘 내보내기를.

13세기 이슬람 신비주의 시인인 젤랄렛딘 루미의 시 한 편 보내고 싶네요.

인생은 여인숙
날마다 새 손님을 맞는다
기쁨, 낙심, 무료함
찰나에 있다가 사라지는 깨달음들이
예약도 없이 찾아온다

그들 모두를 환영하고 잘 대접하라
그들이 비록 네 집을 거칠게 휩쓸어
방 안에 아무것도 남겨 두지 않는

슬픔의 무리라 해도, 조용히

정중하게, 그들 각자를 손님으로 모셔라

그가 너를 말끔히 닦아

새 빛을 받아들이게 할 것이다

어두운 생각, 수치와 악의가

찾아오거든 문간에서 웃으며

맞아들여라

누가 오든지 고맙게 여겨라

그들 모두 저 너머에서 보내 어진

안내원들이니

– 마울라나 젤랄렛딘 루미, 「여인숙」

따뜻하게 지내길, 오가는 소식이 서로에게 격려가 되리라 믿으며.

세월호 아이들에게 들려주고 싶은 이야기

선생님, 수술 잘 받고 건강하게 일상으로 돌아왔어요. 아픈 줄 모르고 시작해 언제 아팠던가 싶은 시간을 보내고 있고요. 참 이상한 일이에요. 제게 일어났던 일인가 싶다가도 매일 눈뜨자마자 약을 한 알 먹어야 할 때나, 아침저녁으로 수술 부위의 뻐근한 통증을 느낄 때면 수술한 지 얼마 안 되었음을 자각합니다. 사실은 아직도 이 모든 일이 저에게 일어났다는 것이 잘 믿기지 않아요.

제 몸에 진짜 암이란 병이 지나간 게 맞나 싶습니다.

지금 돌아보면 처음 진단을 받고 어떤 감정을 가져야 하는지가 제일 어려웠어요. 물론 잘 극복할 테니, 힘들고 슬픈 일만은 아니었지만 또 마냥 씩씩하기엔 시도 때도 없이 떨구는 눈물방울이 불안함을 확인시켜줬죠. 사람들 속에서는 와, 잘 웃다가도 혼자가 되는 버스나 길가에서 왕, 울어 대길 반복했습니다.

왜 이렇게 자꾸 눈물이 나는지 모르겠다고 했을 때, "놀라서 그렇지!" 하는 대답을 못 들었다면 아마도 오래 헤맸을 거예요. 이 복잡한 서울 하늘 아래, 돈 있어도 '빽' 없으면 수술 날짜 잡기 힘들다는 말을 들으며 수소문해 찾은 병원에서 진료를 확정하고서야 불안함이 가셨습니다.

그래서 입원하고 수술하고 회복하는 동안 마음은 오히려 괜찮았어요. 괜찮아질 거란 확신이 들 때, 그때가 정말로 괜찮아지는 시작점이구나 생각해요.

생애 한 장을 이렇게 넘기고 있다 싶을 때, 맞물려 새롭게 하나의 막이 열렸습니다. 입사해 광고 대행 업무를 한지 3년, 공부한 시절이 비교도 안 될 만큼 열심히 일했어요. 그 시기를 쭉 같이 보낸 클라이언트분이 같이 일해 보자 제

안하셔서 회사를 옮겼습니다. 거대한 시장 속에서 줄곧 달려나갈 생각만 하고 있었는데, 제 역량을 잘 채워 성장할 좋은 기회라 감사히 받아들였어요. 이전 회사보다 훨씬 규모가 작은 벤처 회사인데, 그러다 보니 구성원 각자의 역할이 선명하게 회사에 작용합니다.

자연히 업무 집중도가 높고 그만큼 각자 감당해야 할 외로움도 있다는 생각이 들어요. 어느 정도 인정하는 것이 오히려 덜 외로워지는 방법임을 머릿속에 미리 정리해 뒀지만, '함께한다'라는 연대감마저 놓치진 않아야겠다 다짐합니다.

회사 옮기면서 한 달 봄방학 기간을 가졌어요. 회복을 위해 푹 쉬는 것이 우선이었지만 여행을 떠나기에 더할 나위 없이 좋은 기회이고 또 좋은 계절이라 일주일 파리에 다녀왔어요. 언젠가부터 말버릇처럼 '파리에서 서른 잔치'를 소망하던 차였습니다. 다시 한번 온전히 혼자가 되었던 시간, 돌아올 데를 두고 자처한 외로움이었기에 행복하게 누릴 수 있었다고 생각합니다.

제가 이렇게 생의 한 페이지를 넘기던 올봄, 보고도

믿지 못할 거짓말 같은 뉴스가 흘러나왔고 그로부터 벌써 한 달이 지났습니다. 연쇄 고리처럼 엮여 있던 이 사회의 암적 존재가 불거져 나온 듯 세월호가 뒤집혔어요. 사고 발생일 이후, 생존자 수는 단 한 명도 늘지 않았습니다. 사망자 288명에 실종자 16명. 저 아찔한 숫자는 바다를 가리킵니다.

춥고 깜깜한 바다에서 희생자들이 느꼈을 아픔과 외로움을 짐작해 보는 것만으로도 먹먹해집니다. 돌아오길 바라는 노란 리본이 물결치는 시간도 길어지네요. 그들의 아픔에 어떤 마음을 얹어야 할지 모르는 우리는 미안하다는 말을 하고, 매스컴은 연일 책임과 반성을 말합니다.

병을 알고 몇 번쯤 '왜 하필 나일까' '내가 뭘 잘못했을까' 그런 생각을 했어요. 스스로 죄책과 반성을 종용했던 거죠. 사고 책임자, 그 배후의 배후까지 찾아 처벌하는 일도 필요하고, 꼭 원인을 밝히고 개선하는 작업 역시 정말 중요합니다. 하지만 희생자 애도의 물결만큼이나 느닷없이 닥친 슬픔에 어쩔 줄 몰라 하는 이들에 대한 위로 역시 필요하지 않을까요. 친구들의 빈자리를 보며 시간을 보내야 하는 아이들에겐 너무 많은 날이 남았네요.

남은 아이들이 어떤 감정을 가져야 할지 몰라 헤매지 않을까 걱정입니다. 너희의 삶이 그리고 우리 사회가 괜찮아질 거라는 확신과 희망을 아이들에게 들려줄 수 있기를 바라봅니다.

우리에겐 슬픔이 부족합니다

오랜만이에요. 건강해졌고, 파리로 여행 다녀왔다는 것, 좋은 소식이네요. 어디선가 소중한 사람이 열심히 걷고 열심히 생각하고 있다는 걸 느끼는 것만으로도 마음이 넉넉해집니다. '파리의 서른 잔치'는 충분히 멋진 일이고, 자신과 마주앉은 민정 씨 눈빛도 선하네요.

여행이 스승이라는 말이 있지만, 그야말로 여행, 그 비움과 채움을 통해서 우리는 가장 본래적인 자기를 만날 수 있는 것 같아요. 작은 회사로 옮겼다는 것 또한 중요한 일이네요. 축하해요. 작은 공간에서 각자의 역할이 선명해진다는 것, 또 외로움이 느껴지는 업무, 어떤 보이지 않는 어려움이 느껴지기도 합니다.

이런 일들은 결국 우리 삶을 인문으로 바꾸는 데에 절실한 것들입니다. 많은 사람 속에서 바쁘게 목소리 높이면 왠지 뭔가 있어 보이는 느낌이 들겠지만 사실 그것은 허위이기 쉽습니다. 그럴듯하지만 온기가 없고 존재감도 가지지 못하죠. 잘 모르는 철학서의 개념에 갇힌 사람처럼요. 작고 외로운 곳에서 부지런히 일하는 것이 '사이'를 메우는 우주적 에너지입니다.

세월호 때문에 많은 슬픔과 분노와 논리들이 오가는 현실입니다. 나도 마찬가지입니다. 자다가도 벌떡벌떡 일어나는 울화증이 생겨 괴롭습니다. 억울한 영혼들이 자꾸 깨우는 느낌입니다. 모든 '사이'가 오염되어 있는 우리 사회를 발견합니다.

세포막이 건강해야 세포들이 건강하게 운동하는데, 세포막이 오염되어 있으니 생명 전체가 자꾸 병들어 가는 것입니다. 내가 병들고 우리가 병들었음은 오래전부터의 염려웠지만 이렇게까지 병든 사회인 줄은 몰랐던 거지요.

사람과 사람의 사이, 사람과 사물의 사이, 자연과 사람의 사이, 관계와 관계의 사이가 병들어 있으니 정말 건강하지 못한 사회였고, 공감할 수 없으니 당연히 공존이 어려웠지요. 그동안 온 뼈와 살에 암이 퍼지는데, 손등에 연고만 계속 발라 온 셈입니다.

더 근원적으로 내려가 세월호 침몰의 원인은 빈부격차에 있습니다. 빈부격차는 온 국민의 영혼을 물질적으로 바꿔 버렸습니다. 정신과 양심, 책임도 저버리게 했습니다. 세월호가 우리나라의 자화상이고, 아이들을 내버리고 나온 선장이 우리의 자화상이지요. 그동안의 성과주의와 성장제일주의가 빈부격차를 가져왔고, 이는 전 국민으로 하여금 가치의 선택을 회피하게 했습니다. 부는 개인적인 것이 아니고 사회적인 것입니다. 지식도 마찬가지지요. 그래서 부와 지식은 언제 어디서든 충분히 나누어질 수 있어야 합니다.

괜찮아진다는 것은 무엇을 말하는 걸까요. 난 우리가 안 괜찮아지길 바랍니다. 민정 씨가 암을 수술하고 투병하듯, 우리 전 국민의 의식 구조에 큰 수술이 절대 필요한 거지요.

우린 더 가난해져야 하고 작아져야 하고 겸손해져야 하고 나누어야 합니다. 민정 씨가 아파지고 나서 작은 회사로 옮긴 것과 비슷한 일이 필요합니다. 기득권을 가진 자들이 자기 것을 내어 놓고 공감과 공존을 이야기할 때 '사이'가 회복됩니다. 그것을 우리는 혁명이라고 부릅니다.

허위를 버리고 정직해질 때 우리는 건강해집니다. 가진 자와 못 가진 자의 '사이'가 건강해져야 사회가 건강한 거지요. 그러나 우리는 아직 그러지 못한 것 같습니다. 인문은 가치를 선택하는 힘을 말합니다. 인문학은 역사나 철학이나 문학이 아니라, 사람을 우위에 두는 학문입니다. 역사와 철학은 사람이 가치를 선택할 때 도움을 주는 도구들입니다.

김밥 장수 할머니가 평생 번 돈을 장학금으로 내놓는 일은 그분이 철학이나 역사를 잘 알아서가 아니라 사람의 가치를 더 우위에 두고 그것을 실천하셨기에 가능한 것입니다. 아무리 자신이 모은 재산이라도 자기 개인만의 것이 아님을 깨달은 분들이지요. 이런 분들이야말로 철학이나 역사에 대한 지식이 없어도 사람의 길을 오래 생각해 온 인문인입니다. 그렇지 못한 기득권층은 자기 것을 잘 내놓지 못

합니다. 그들이 자기 것이라고 확신할수록 돈은 불행의 뿌리입니다.

예수나 석가 같은 분들이 가난을 가르쳐왔던 것을 우리는 어떻게 이해해야 할까요. 당장의 필요 외에는 내 손에 뭔가를 남겨두지 않는 것, 이것이 지혜입니다. 미래가 두려워서 가난이 두려워서 축적에 몰입하는 일은 결국 빈부격차를 만듭니다.

나도 겁은 많은 편이라 고난이 닥쳐올 때를 대비해 든 보험이 하나 있긴 합니다. 또 만약을 위해 1년쯤 버틸 예금은 있어야 하지 않을까 헤아려 볼 때도 있습니다. 하지만 여태껏 저축 없이 살아왔어도 곤경을 당한 적은 그리 없습니다. 그때그때 고비의 순간마다 기적을 체험하는 느낌으로 살아왔지요. 돈을 모으려 집착하는 것보다 순간순간 기적을 경험하는 게 더 재미있지 않을까요.

민정 씨. 우리는 물론 괜찮아질 거예요. 시간의 힘이 있으니까요. 자식을 가슴에 묻은 부모님들이야 도무지 괜찮질 수 없겠지만 어떻든 인간은 살아가게 마련이니까요. 그러나 문제는 쉽게 괜찮아지면 결코 괜찮아질 수 없다는 것입니다. 그래서 우리는 아직 더 고통을 당하는 게 맞는 것 같습니다. 더 울어야 하고요. 우리에겐 슬픔이 너무 부족합니다. 함께 더 아파합시다. 더 절망합시다.

햇살이 너무 눈부셔 더 쓸쓸한 5월이네요. 한 번쯤 부산을 다녀간다니 설레네요. 기다릴게요.

위로의
어려움

선생님, 주말엔 북한산 둘레길을 걷고 왔어요. 빨강물이 번진 단풍 사이로 부서지는 햇살의 기운을 담뿍 받고 왔지요. 자연에서 얻는 위로는 그대로 에너지가 되어 좋아요. 언젠가 자연에 대한 경이를 말씀하셨던 걸 기억합니다. 반짝이는 존재감, 그 자체로 본래의 자신을 환기할 수 있다고 하셨죠.

새로 옮긴 회사에서 저는 제일 나이 많은 사원이에

요. 그래서인지 처음부터 막연한 감정적 책임감이 있었던 것 같아요. 곁에 있는 이들의 하소연을 들어 주는 역할을 해야겠다, 위로가 되어야겠다 싶었죠. 모든 사람에게 좋은 사람이 될 수 없다는 것을 잘 알면서도 버리지 못한 욕심이었습니다. 상대에게 내가 어떤 사람이 될지는 제가 정하는 게 아닌데 말이에요.

그 역할 설정이 과욕이었는지 어린 친구들의 하소연을 한참 듣고 지친 마음을 위로하다 보니 오히려 제가 지치고 말았어요. 물론, 천천히 회복될 피로겠지요. 편지를 쓰며 선생님께 이런 마음을 보여 드리는 것만으로도 얼마간 위로가 됩니다. 답장을 받을 즈음이면 이미 이런 마음을 가졌던가 싶을 수도 있고요.

그럼에도 건강한 위로란 어떤 것인지, 어떻게 잘 실천할 수 있는지 여전히 궁금합니다. 세월호 사건이 터지고 흔히들 얘기했지요. 그렇게 가족을 잃고, 친구를 잃은 이들도 있으니 우리네 삶을 감사하자고요.

나보다 더 극한 상황의 누군가에 빗대어 위로하는 건 가장 쉬운 위로법이지만 문득 참 건강하지 못한 방법이라는 생각이 들었어요. 반대로, 나를 낮추어 상대를 위로하는 것도 결코 좋은 위로법은 아니겠지요.

위로라는 것이 상대에게 좋은 기운을 불어넣어 내가 좋은 사람임을 확인하고자 하는 일종의 욕망이 충족되어야 위로를 받는 쪽도, 하는 쪽도 소모되지 않을 거라 생각했는데, 제가 위로를 잘못 알고 있었는지도 모르겠어요. '우리'라는 범주에 있는 이들을 묵묵히 응원하는 것이 참된 위로라면 제가 실천하지 못하고 있는 걸까요.

저의 서투른 실천은 실수로 불거지기도 했어요. 최근, 일상에 큰 위로가 되던 한 친구와 이런저런 속상한 일들로 얽혀 마음이 상했고, 어느 순간 소통을 완전히 차단하고 지내기도 했어요. 시시콜콜한 일상에 대한 온갖 하소연과 위로를 나누던 이와의 단절은 이별 경험이 없는 제게 참 심란한 시간으로 다가왔어요.

나이는 드는데 여전히 어른이 되는 게 어렵기만 합니다. 그런데 벌써 또 겨울이에요. 사계가 지나고 한 해가 저물어 갑니다. 갑자기 추워진 날씨 탓에 설익은 단풍까지 바람결에 나부끼는 하루였어요. 낙엽은 땅으로 돌아가고 봄이 오면 새싹이 돋듯이 시간이 흐르면 저도 더 성숙한 어른이 되려나요? 찬 기운에 늘 건강하시길 바라며, 유난히 답장이 궁금한 편지를 드립니다.

말의 한계,
손의 가능성

오늘 겨자 빛으로 층층이 단풍 든 백화나무를 보며 행복했습니다. 마음이 번잡한 중이라 그 투명한 빛이 그저 고마웠지요. 또 이렇게 우리는 한 해를 보내는군요. 지금 중앙동은 노란 은행잎 비가 종일 쏟아져 거리마저 노랗습니다. 한 해도 거르지 않는 자연의 빛깔을 보며 신의 가르침이 한결같음을 생각합니다.

말은 항상 한계가 있습니다. 그래서 하소연도 위로도

한계가 있을 수밖에 없지요. 말의 의미란 너무나 자의적이어서 서로 가닿을 때마다 틈을 만듭니다. 라캉은 언어란 차이와 부재의 무한한 과정에 불과하므로 '공허한' 것이라고 했습니다. 무한한 언어적 연쇄를 따라 하나의 기표에서 다른 기표로 이동할 뿐인, 기표들의 무한한 운동을 라캉은 욕망이라고 했습니다.

언어 자체가 결핍으로 작동하기 때문에 결코 도달할 수 없는 것이 또한 이 욕망이지요. 언어는 끊임없이 미끄러집니다. 유동액 같다고나 할까요. 의미는 전달되지 않습니다. 자꾸 흘러가고 자꾸 비껴갑니다. 그래서 하소연을 듣고 위로하려는 노력은 그 의도에 비해 지치기 쉽습니다.

하지만 우린 미약한지라 그 미련함을 통하여 또 서로를 확인하는 건지도 모르지요. 이해를 받는 것도 오해를 받는 것도 다 하나의 방편으로 여기면 어떨까요. 그래서일까요. 이만큼 살고 나니 점점 말하기가 어려워집니다. 무식하면 용감하다고 예전엔 함부로 지껄이던 때도 많았습니다. 물론 지금도 입술을 제어하기가 쉽진 않지요.

언어의 한계를 알게 된 요즘은 말로 구구히 무엇인가

를 해명하기보다 그냥 오해받고 마는 게 편할 때가 있습니다. 그래서 시를 쓰거나 글을 쓰나 봐요. 요즘 '불가능한 가능성'이란 말을 여기저기서 자주 봅니다. 데리다도 이 말을 했고, 기타 여러 인문학 책에서도 '불가능성의 가능성'을 언급하네요.

저는 그 말을 볼 때마다 사람들이 참 절실하구나, 참 간절하구나, 생각합니다. 어떻게든 우리가 속한 문명을 극복하려는 몸부림 같아 애처롭기도 합니다. 그러면서도 그 말이 좋습니다. 불가능한 것을 가능하게 하는 사유와 실천에 대해 괜히 나도 마음을 기울이게 됩니다. 사람을 이해한다는 것, 그를 위로한다는 것은 얼마만큼 가능한 것인지, 조금 막막하면서도 궁금하네요. 아닌 줄 알면서도 기대하는 것이 인간이니까요.

이 어리석음에 우린 어떻게든 의미를 부여하고 싶은 거지요. 데리다는 후기 철학에서 윤리, 종교, 정치적 이슈들과 과감히 맞서는 실천철학을 강조합니다. 그는 무조건적인 것들에 관심을 기울입니다. 무조건적인 환대, 무조건적인 용서, 무조건적인 선물 등. 서로가 서로에게 이방인일 수밖에 없는 현실에 대한 숙제를 제시한 것일까요.

그래요. 우리는 서로를 위로해야 합니다. 우리는 너무 많은 상처를 주고받습니다. 최근 한 후배가 실수로 교통사고를 내고는 의도와 상관없이 가해자가 된 것에 대해 고통스러워하더군요. 이렇듯 우리는 늘 타자에 대해서 수시로 가해자가 될 수 있습니다. 그래서 위로는 불가능한지도 모르겠네요.

그럴지라도 육체를 가진 우리는 '가능성'을 따라가야 합니다. 그냥 말없이 손을 잡아 주거나 차를 한잔 건네거나 시를 한 편 전하는 건 어떨까요. 어쩌면 말보다 더 큰 더 울림이 있지 않을까요. 우리는 체온을 가진 자들이니 체온에 닿을 수 있는 것이 위로가 될 듯도 싶네요. 미각이나 후각, 촉각을 통한 것으로 말이에요.

말이 두려운 건 그 말이 의미가 비껴난 채 나에게도 되돌아올 수 있기 때문입니다. 말은 화살이 되기도 하니까요. 말을 아낄 줄 아는 사람은 지혜로운 사람입니다. 우린 소중한 것은 아낍니다. 말을 아끼는 것은 말의 가치를 안다는 말이지요. 성경에 '만일 말에 실수가 없는 자라면 곧 온전한 사람이라'는 구절이 있습니다.

말이란 그만큼 어렵다는 말이지요. 바울도 "너희 말을 항상 은혜 가운데서 소금으로 맛을 냄과 같이 하라"고 했습니다. 소금은 적절할 때 맛을 냅니다. 말을 아낀다는 것은 소금처럼 맛을 낼 정도로만 하라는 뜻입니다. 따뜻한 위로의 음성만큼 우리를 인간답게 하는 것도 없지요. 하지만 어떤 하소연도 어떤 위로도 말로는 다 전할 수 없습니다.

백년어서원 물고기 이름 중에 '撫'가 있습니다. '어루만질 무'입니다. 이 한자에는 '손 수手' 변이 있습니다. 사람을 어루만지는 데는 손이 필요하다는 말이지요. 손, 그 어루만지는 실천을 지혜로 삼으면 어떨까요.

보고 싶네요. 내년에야 보겠지요. 겨울맞이 따뜻하게 하고, 감기 조심하길.

넷。

좋은 어른을 고민하는 시간

우리다운 결혼식을 준비하며

선생님, 저희 아빠 이야기를 해 드린 적 있던가요. 아빠는 딸 셋 중 막내로 태어난 제게 이런 말씀을 자주 하세요. "우리 막딩이 안 태어났으면 어쩔 뻔 했노."

사실은 제가 태어나 딸인 걸 확인하시곤 안아 주기보다 섭섭함을 먼저 표하셔서 외할머니께 호되게 혼나셨다는 이야기를 언젠가 엄마가 해 주셨지요. 아마도 아빠 마음엔 그 미안함이 남아 저를 키우는 동안 사랑 표현을 더 많이 하셨던 것 같아요.

그런 막내딸이 언니들 보다 제일 먼저 시집을 갑니다. '결혼한다'는 표현보다 '시집간다'는 문장이 짠하게 와 닿는 건 부모님을 뵈러 가는 명절의 풍경이 달라질 거라는 아쉬움 때문이에요. 어릴 때도 엄마말고 아빠 찾으며 울었다던 저인지라, 요즘 출근길에 아빠 손잡고 신부 입장하는 장면을 미리 그려 보다 눈물짓곤 했어요. 차이와 부재의 무한한 과정에 불과한 공허한 언어로 이 묘한 감정을 어떻게 설명할 수 있을까요. 가장 기쁜 일을 준비하면서도 가장 아쉬운 이별을 하는 마음으로 매일이 지나갑니다.

한편, 새로운 부모님이 생겼어요. 연애를 처음 시작할 때 두터운 목소리에 덩치도 커다란 경상도 남자가 "엄마 사랑해요"라는 말을 수화기 너머로 건네는 모습을 보고 반했습니다. 저렇게 따뜻하고 다정한 표현을 할 줄 아는 사람이면 나도 참 많이 사랑받을 수 있겠구나 생각했어요.

그런 이를 키워 주신 부모님은 더없이 따뜻하신 분들입니다. 딸이 하나 더 생겼다고 제 손을 꼭 잡아 주셨어요. 결혼 준비 과정은 모두 제 뜻에 맡기겠다 마음을 내셨고요. 덕분에 저희는 소란스러운 일 없이 모두의 축복 속에 결혼을 준비합니다.

이제 부부가 되면 남편이라고 불러야 할 남자친구는 제 첫 번째 연애 상대이자 기어코 마지막 이가 될 모양이에요. 스물둘에 연애를 시작했으니 꼭 열 번의 해를 채워 이제 부부로 평생을 곁에 있자 다짐합니다.

돌아보면 제 생은 연애를 기점으로 양분된다 해도 과언이 아니에요. 뭐든 조급하고 날이 서 예민했던 저는 연애 시작 후에야 감정의 온도계가 제법 안정되었지요. 줄곧 아빠처럼 저를 사랑해 주는 사람을 만나기 어려울 거라 생각하던 겁쟁이였는데, 그는 연애 내내 타인이 얼마나 저를 사랑할 수 있는지 증명해 주었어요.

마음이 흔들렸던 날들도 있었지만, 그때마다 그보다 더 저를 사랑할 누군가는 없을 거라는 확신이 긴 시간을 이어 주었습니다. 마음보다 말이 먼저 나가는 저에 비해 그는 세련되게 말할 줄은 몰라도 어눌한 말법으로 따뜻한 마음을 전해 주었죠.

좋은 사람이 되고 싶어 수많은 활자를 읽어 내야 마음이 다스려진다 생각하는 저와 달리, 태생적으로 크고 행복한 에너지를 가진 사람이에요. 무엇보다 유쾌하여 저를 웃게 함에 능하죠. 그 점은 아빠를 제일 많이 닮았습니다.

그런데요, 선생님. 수많은 의미를 나누던 연애와 달리 결혼 준비는 숫자를 나눠야 할 일이 참 많더라고요. 마음으로 이어진 소중한 사람들을 한자리에 모시는 일이 쉽지 않을 거라 짐작했지만 '결혼 시장'이 형성된 한국의 문화에 내내 기가 질리기도 했어요.

평소에 생각하지 못하던 숫자들이 '평생에 한 번'이라는 이유로 크게 부풀려져 오갑니다. 소위 말하는 결혼 적령기가 되고 보니, 작년과 올해는 결혼식 하객으로 참석하기 바빴어요. 그걸 지켜보는 이들의 눈높이는 어느덧 비슷해져서 축하를 나누는 이야기 속에 '보여 준 것'과 '보이는 것'에 대한 말들이 빠지지 않고 오갑니다.

예식장, 차려진 음식, 드레스, 예물과 예단. 신혼여행마저 그곳에서 어떤 이야기를 나누고 왔는지가 아니라 어떤 숙소에 머물렀는지에 대한 정보가 넘쳐요. 그래서일까요. 비교가 쉬워지니 숫자 판단이 가치 판단보다 우위에 섭니다. 인터넷에서는 '최저가'도 '최신순'도 너무 쉽습니다. 물론, '최다 판매'에 '인기순'도요.

저는 어릴 적부터 제 결혼식이 따뜻하고 소박하게 인사드리는 자리가 되길 바랐어요. 뵌 적 없는 어른들이 오셔서 돈을 내고 밥만 먹고 나서는 자리가 아니라, 두 사람 인생의 새로운 계절이 시작됨을 축복하며 함께 기뻐할 수 있는 자리가 되기를요.

결혼을 마음먹은 순간부터 아득한 숫자나 정보를 따르지 않고 사람을 따르겠다 다짐하며 시간을 차곡차곡 쌓아올렸습니다. 어쩔 수 없이 소비를 이어 가야 했지만, 그것이 선생님께 편지 쓰는 순간에 부끄러울지 아닐지를 제 가치 판단의 기준으로 삼았어요.

결혼식장은 예식장이 아닌 레스토랑으로 잡았습니다. 잔디밭이 깔린 정원이 있는 공간에서 5월의 햇살 아래 결혼식을 치르려고요. 화려한 꽃장식 대신 요리를 좋아하는 그와 저의 취향을 따라 알록달록한 과일과 채소를 가득가득 담아 두려 합니다. 여행지에서 만나는 재래시장처럼, 아름다운 풍경이 될 거라 기대해요. 그리고 찾아와 주신 분들 돌아가는 손에 나누어 드리려고요.

선생님께 주례를 부탁드리고 싶었는데, 먼 길을 청하는 것이 실례란 생각에 저희끼리 편지 나누어 읽고 아버님께서 성혼선언문 낭독하면 저희 아빠가 축사를 하는 순서로

주례 없이 예식을 치르려 해요.

그동안 어떻게 자랐고, 현재 어떤 사람으로 살고 있는지 소개하는 역할은 남자친구의 형과 저희 언니들에게 맡기기로 했습니다. 역할만 나누고, 원고는 제각각 역할을 맡은 가족들이 준비해 그 자리에서 공개하기로 하고요. 어떤 이야기를 듣게 될까 궁금합니다. 결혼식 치르고 선생님께도 꼭 들려 드릴게요.

제가 결혼식을 준비하는 동안 남자친구는 신혼집을 알아보고, 준비하는 데 노력했어요. 집도 잘 꾸미는 것보다 잘 비우는 것에 애쓰기로 했습니다. 신혼집으로 정한 동네를 둘러보고 예식장으로 잡아 둔 레스토랑에 같이 발걸음 하신 아빠가 "참 잘했다." 말씀하시면서 이렇게 덧붙이셨어요. "절간이 왜 그렇게 비어 있겠어. 채울 게 없어서가 아니라니까. 다 비어 있으니 오히려 오는 사람들이 뭘 채울까 생각하고 가라는 거야." 그래서 우스갯소리로 우리 신혼집 콘셉트는 절간이라고 자주 말해요.

결혼 준비가 참 바쁘고 벅찼지만 행복했어요. 선생님. 날짜가 얼마 남지 않으니 선생님 생각이 더욱 자주 납니다. 많이 기뻐해 주시겠죠. 반짝이는 날들 보내고 둘이 손잡고 인사드리러 가겠습니다. 저보다 선생님의 커피를 더 좋아하는 그를 선생님께서도 든든하게 여기실 거예요.

멋지게 살겠습니다. 가장 저희다운 게 무엇인지, 삶에서 중요한 게 무엇인지 자주 생각하면서요.

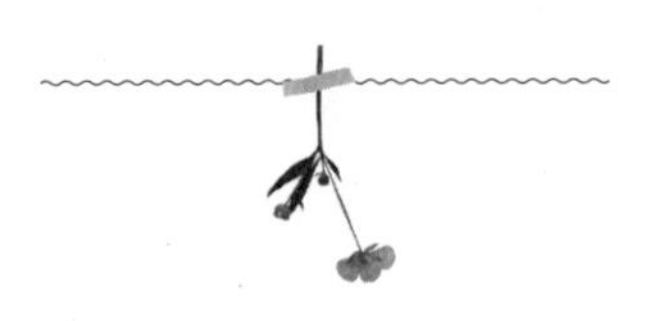

사랑이라는 능력

편지를 읽으면서 저절로 행복해졌어요. 민정 씨를 처음 만나던 날 모습도 선명히 떠오르고요. 영리하게 반짝이던 눈빛을 기억해요. 오래된 순정을 곁에서 지켜보던 마음이 온갖 봄꽃이 출렁이는 들판 같아지네요. 사랑하는 친구가 눈부신 5월의 신부로 서 있는 모습을 상상하면서 혼자 환해집니다.

결혼이란 하늘에서 빚어지고 땅에서 완성된다는 말이 있습니다. 땅에서 완성된다는 말, 너무 절실하고 아름답지 않나요? 반려자는 정말 하늘의 인연이지요. 그 인연이 땅에서 완성됩니다. 고단해 보이는 이 땅이 아름다운 이유이기도 합니다. 서로의 영혼이 완성되는 자리이기에, 이 지상의 시간과 공간이 의미 있는 것입니다. 이제 두 사람은 서로를 완성해야 합니다. 온전한 영혼이 되어 주변의 자연과 사람에게 인연의 힘을 베풀어야 하죠.

민정 씨가 성장하는 느낌, 그지없이 기특하고 고마워요. 결혼은 가장 눈부신 성장의 순간인 것 같아요. 성장, 자란다는 것, 이는 생명의 특징입니다. 부드럽고 말랑말랑한, 더없이 소중한 민정이라는 한 개체가 마음이 자라고 키가 자라 땅을 든든히 딛는 느낌, 나에게도 멋진 격려가 되네요. 남편으로 맞는 이가 오래된 친구이고, 다정한 사람이라 자랑하는 민정 씨를 보면서 나 또한 주변을 다시 돌아봅니다.

나는 스물셋, 좀 이른 나이에 결혼해 이내 서부 아프리카 사하라, 누아디부라는 사막 도시로 갔습니다. 금방 뚝 떨어질 것 같은 낡은 프로펠러 비행기를 타고 날아가 사막의 한 낮은 지붕 밑에서 신혼을 시작해 어느덧 34년. 아버지의 소개로 한 달 안에 맞선을 보고 결혼식장에 선, 사실 변변한

데이트도 한번 못 해보고 한 결혼이었지만, 이젠 시간의 힘이 이루어 놓은 큰 세계를 깨닫습니다. 삶은 매 순간 출발이었고 도착이었지요.

'사랑이란 소유가 아니라 존재'라는 말, 이제 너무 많이 남발되어 너덜너덜해진 말 같지만 아마 사랑하면서 가장 실천하기 어려운 말이 아닌가 싶어요. 부부가 함께하는 일보다 더 절실한 것은 서로를 존재하게 해 주는 겁니다. 그러려면 그 사랑의 능력이 필요합니다.

삶을 소유나 소비가 아닌 진정한 존재, 자유로운 영혼으로 이끌어 내는 것이 사랑의 힘이라는 말입니다. 뭔가 복잡하고 어려운 것 같지만 이 능력은 '배려'라는 한마디로 설명할 수 있습니다. 그동안 가끔 슬쩍슬쩍 눈치챈 바로, 민정 씨의 남편 될 친구는 배려에 뛰어난 사람 같아 고마운 마음입니다.

우리 딸도 올해 4월 첫 주에 가족들만 모시고 소박한 결혼식을 올렸어요. 대가족이라 사람이 많아 민정 씨가 말한 작은 결혼식 같지는 않았지만, 새로운 출발을 본다는 건 참 설레는 일이더군요. 민정 씨 부모님 또한 얼마나 가슴 떨까요. 딸이 자기만의 가족을 갖는다는 것, 설레면서도 애잔했어요.

모든 게 쉽지만은 않을 것이기에. 부모의 품을 떠나 새로운 모험과 도전에 직면한다는 건 또 하나의 용기가 필요하기에. 그렇지만 행복한 일도 충분할 터. 삶은 언제나 공평한 것이랍니다. 그것만 기억해도 아마 다리에 힘이 생기지 않을까요.

민정이라는 행복한 샘물이 푸른 물결로 넘치며 다른 모두에게 흘러갈 수 있기를 바라요. 또한 순간순간이 즐거운 모험이길. 민정 씨가 선택한 작은 결혼식의 방식, 살림집을 꾸미는 소박한 방식이 민정 씨를 더 반짝이게 하네요. '결혼 전에는 눈을 크게 뜨고, 결혼 후에는 눈을 반쯤 감아라' 하는 선인들의 지혜도 이번 편지에 담기 적당한 듯합니다.

부산에 오면 무조건 핸드드립으로 특별한 커피, 대접할게요. 갓 구운 빵을 보면 괜히 행복해지지요. 민정 씨의 모든 일상이 갓 구운 빵처럼 따뜻하고 촉촉하고 향기롭길 기도할게요. 진심으로 축하해요.

있는 그대로의 기록

선생님, 모처럼 봄비가 내리는 날이었습니다. 집에 오는 길에 보니 어느덧 등나무 잎사귀가 쑥 자라 있었어요. 겨우내 바싹 마른 가지인 줄만 알았는데 어느덧 이렇게 푸른 물이 통통히 오른 생명력을 보여 줍니다. 곧 보라색 등꽃이 열리겠네, 하는 반가운 마음이 들어 설레며 자주 눈길을 줍니다.

봄꽃의 아름다움에 때마다 취하는 건, 이제 곧 꽃이 지고 다른 계절이 올 것을 알기 때문이겠지요. 계절이 지나

가며 반복되는 자연의 생로병사는 고요하고 단단하지만, 바라보는 제 마음은 소란스레 부풀었다 꺼졌다 합니다.

'카르페디엠', 영화 〈죽은 시인의 사회〉에서 키팅 선생이 다시 오지 않을 현재를 즐기라고 학생들에게 일러준 그 말. 매 순간을 아쉬움 없이 충만하게 즐기라는 말이, 매 순간을 절정처럼 보내라는 뜻은 아닐 텐데, 만족과 지나침의 경계에서 저는 아직 건강한 리듬을 찾지 못한 것 같습니다.

그래서 자연의 단단한 아름다움에 다시금 겸허해집니다. 누구 재촉한 사람도 없는데, 매 순간 마음을 다하려고 애쓰던 시간이 지나고서야 그 길이 전부가 아니었음을 깨닫습니다. 그러니 모든 것은 지나간다는 말은 저에겐 희망입니다.

선생님, 인간은 망각의 동물이라 기억을 선택적으로 편집한다죠. 그렇게 편집한 기억을 건강한 에너지로 만들기 위해 제가 취하는 마음 공부법은 '기록하기'입니다. 제 안에 흐르는 감정을 명료한 문자로 드러내며 마주하는 일은 어느 대문호의 문장을 찾아 읽을 때보다 마음을 단단히 잡는 데 도움이 됩니다. 선택적으로 편집한 것이라는 한계도 있지만,

기록을 통해 머릿속에서 자꾸만 변형되는 기억을 비교적 있는 그대로 바라볼 수 있다고 믿어요.

전 주변에서 자주 긍정적이라는 말을 듣습니다. 그런데 저는 제가 얼마나 걱정이 많고 때때로 부정적인지 압니다. 그러니 긍정적이라는 말이 마음 한편에서는 좀 거북했어요. 숨겨둔 마음을 들킬까 싶기도 했고, 모르고 하는 소리다 싶기도 했죠. 그런데 어느 날 긍정肯定의 본래 의미가 낙관樂觀처럼 인생이나 사물을 밝고 희망적인 것으로 보는 게 아니라, '있는 그대로 인정한다'는 뜻임을 알았어요. 그 이후로 더 긍정적으로 기록해야겠다 마음먹었습니다.

이처럼 제 개인의 기록도 의미 있는 힘을 가지려면 객관적 시선이 필요하니, 여러 사람이 공유해야 하는 역사의 기록은 더욱 그렇겠지요. 봄이 되어 광화문으로 출퇴근하는 길에서 '잊지 않겠습니다'라는 노란 물결을 자주 봅니다. 2014년 4월 16일, 영화나 소설에 나오는 이야기일 것 같던 세월호 침몰 사건을 목격했던 그 계절이 다시 왔습니다.

잊지 않겠다는 의미가 또다시 어리석은 반복을 하지 않겠다는 선언이 되어야 하는데 지나온 시간이 어떠했나 짚어 보니 아연합니다. 세월호 참사 이후, 책임에 관한 우리 사회의 노력은 좀 의아하기까지 합니다. 이런 사회에서 제가 무엇을 하고 있나 생각하며 가슴을 쓸어내립니다.

태어나 처음, 달달 외웠던 시는 윤동주 시인의 「서시」였습니다. 그 달뜬 기억 때문인지 평소 그를 특별한 시인으로 품고 있었는데, 최근 그의 삶이 영화화되었다는 소식을 접하고 당장 영화관으로 달려갔어요. 보고 나오며, '부끄러움을 안다는 것'이 주어진 생명을 참답게 가꾸는 일에 얼마나 중요한 심지인지 생각하게 되었죠. 얇은 시집으로 남은 그의 짧은 생이 더욱 애틋해졌고요.

긍정적으로 생을 이끌어 나가는 것은 어쩌면 부끄러운 기억을 잊지 않고 마주하는 데서 출발하고, 나아가 자신의 삶과 자신이 사는 사회를 깊이 성찰하는 데로 이어지리라 생각합니다. 이때 성찰은 바른 수행법으로, 수행은 절대적 실천으로 이어져야 하겠지요. 그러한 실천이 한순간의 절정을 지나 꺾이지 않고, 자연스레 매 순간 충만한 일상으로 자리하기를 바라는 계절입니다.

우리 안의
우주

5월 햇살, 송도 앞바다에 그득한 윤슬. 그것만으로도 이 세계에 큰절해야 할 것 같은 날들입니다. 청량한 우주가 간질간질, 속삭이는 목소리가 되어 온 세포 속으로 번져 오는 느낌이네요.

'기록하기'를 마음 공부법으로 삼았다는 말, 참 소중합니다. 특히 기록의 힘은 상황을 왜곡하지 않고, 있는 그대로 바라보는 것이죠. 흐르는 감정을 명료한 문장으로 잡아보겠다는 의지는 내게도 참 필요한 것이네요.

요즘 스피노자의 『에티카』 스터디를 만들어 몇 사람이 함께 읽어 나가고 있답니다. 그의 까다로운 언어를 따라가는 게 쉽지 않지만 한 가지 분명히 다가오는 것은 꼼꼼하고 치밀한 스피노자의 사유 방식입니다.

강력한 유대인 공동체에서 태어나고 성장한 그가 자신의 가치관을 의심, 부정했던 건 어떤 까닭일까요. 인류의 정신사와 철학사에서 분명한 획을 보여 준 그의 용기는 새삼 두렵기까지 합니다. 어쨌거나 강한 화살을 쏘아 새로운 방향을 뚫어 낸 힘은 그의 정밀한 사유에서 비롯합니다. 렌즈를 가공하고 안경을 세공하는 직업을 가졌던 그의 정교한 사유를 보고 있노라면 내가 가진 고뇌라는 게 얼마나 게으른 건지 두려워하게 됩니다.

게으른 고뇌는 독이 된다 말하면 너무 잔인할까요. 꼬리를 물고 제자리에서 맴도는 고뇌는 자신에게도 타자에게도 아무 유익이 없습니다. 화살 같은 방향성 있는 고뇌가 중요하고, 여기엔 진정한 용기가 필요합니다. 우린 일상에 너무 바쁘고, 계속 자신을 합리화하기에 급급하니까요. 실천하지 않으면 성장하지 않습니다.

기록하는 일은 늘 깨어 있어야 가능한 작업입니다. 시

간이 필요하고 사유가 절실하고 행동이 절대적인 일이죠. 커다란 노동이기도 합니다. 끊임없이 자신과 세계를 지켜보아야 하는 행위는 '구도' 그 자체겠지요. 자신을 꿰뚫는 기록을 통해 존재와 우주와 감응하는 민정 씨의 맑은 눈동자를 떠올려 봅니다. 매사 용기를 내길.

스피노자의 문장을 따라 읽으면서 그 강철 같은 사유에서 받은 충격과 비슷한 사건이 최근 나의 일상에서도 일어났답니다. 바로 시어머님의 임종입니다. 꽃 피고 날씨 좋을 때 떠날 거라고 되뇌던 당신의 입버릇처럼 5월 햇살을 품고 올해 여든다섯으로 소천하셨지요.

병원에 입원할 때 36킬로그램이셨으니, 평소에도 얼마나 작은 체구였는지. 평생 지은 농사일로 허리가 구십 도로 꺾인 꼬부랑 할머니였는데, 5개월의 투병 끝에 시어머님은 낡은 바구니처럼 쪼그라들었습니다. 나중엔 30킬로그램도 채 되지 않을 듯한 자그만 아이가 되어 하늘로 돌아가셨지요.

내 깨달음은 그 이후였습니다. 칠 남매와 또 일곱의 며느리와 사위 그리고 손주, 손주 며느리와 손주 사위, 증손

자 들. 하나하나 나열하기도 어려울 정도의 총총한 눈빛들이 어머님의 주검을 둘러싸고 사흘 밤낮을 함께 지냈습니다. 내 가슴을 울린 건 그 작은 여인이 품었던 생명성입니다.

스무 살에 시집와 칠 남매를 낳고 기르는 동안 가난한 삶은 얼마나 신산했을까요. 충청도 보령 깡촌의 가부장적인 사회에서 그 눈물과 인내와 기도는 얼마만큼 쌓였던 것일까요. 그녀가 생성해 낸 건 무한한 우주의 역사입니다.

자그마한 몸집을 가진 한 여성이 이 세상에 남긴 건 어쩌면 스피노자의 철학보다 더 위대한 수고인지도 모릅니다. 사실 난 평소 결혼에 대해서 반신반의하는 사람이었지만 이번 일을 겪으면서, 무수한 생명의 고리를 연결하고 떠난 그 모습이 왜 그리 숭고하게 다가왔는지 모르겠어요. 어머님이 수의로 갈아입는 과정을 보면서, 인간은 누구나 아름다운 위엄을 지니고 있음을 배웠습니다.

나의 사소한 고뇌들이 만든 관념과는 전혀 다른 정직한 모습들. 보이지 않게 쌓이던 나의 교만에 어머님은 가르침을 주고 싶었던 걸까요. 낳고 기르고 관계를 짓는 생명의 그물을 펼치는 삶이 그 어떤 자유보다 크다는 것을요.

우리가 사랑이라고 부르는 것들. 그것들은 언제나 성실한 노동과 긴 기다림과 통증 깊은 희생과 눈물 묻은 기도임을 알게 됩니다. 그러한 요소들이 우주를 무한히 생성해내는 참 에너지겠지요. 인생은 나그넷길이라며 그저 왔다가 그저 가는 길이라고, 그러니 현실에 눈감고 무심해도 괜찮다고 말하고 싶은 순간도 있었지만. 이젠 매 순간이 튼튼하고 치밀한 사랑이 될 수 있어야 한다는 책임감을 느낍니다.

스피노자의 삶에서도 어머니의 삶에서도 한결같이 다가오는 건 바로 그 책임입니다. 책임은 사랑이 되고 용기도 되고 그 모든 격려도 되는 눈부신 생명의 조건이네요. 민정 씨 말대로 우리 안에 있음에도 우리가 책임지지 못한 생명들, 그 우주의 역사가 아프게 다가옵니다. 세월호도 그렇고, 제주 4·3항쟁과 광주 5·18민주화운동도 그렇습니다.

잊지 않을 밖에요. 더 기억하고 더 꿈꿀 밖에요. 그 책임을 민정 씨와 나누고 싶은 봄의 끝자락, 평안을 빌어 봅니다.

멋진 어른이 되기 위한 위시리스트

선생님, 지난봄 끝자락에 한강 작가의 맨부커상 수상 소식이 들려왔어요. 평소에도 좋아하는 작가라고 주변에 자주 말했기 때문일까요. 마치 제가 상을 받은 것처럼 여기저기서 반가운 축하 인사를 건네받았어요. 새벽녘 소식으로 눈뜬 아침에 참 뭉클했습니다.

그는 수상 소감에서 책을 쓰는 것은 질문하고 답을 찾는 과정이라고 밝혔어요. 그리고 이제는 무엇으로도 훼손되지 않는 더럽혀지지 않는 것에 대해 질문하려 한다니, 기뻤습니다. 동시대를 살아가는 이가 아름다운 세계로 다가가는 것을 목격하는 희망 때문에요. 자신의 기록을 관통해 켜켜이 쌓인 시간 위에 선 그의 모습이 단단해 보여서 참 멋졌습니다.

언젠가부터 제가 생각하는 '멋짐'에 대한 정의를 내리고 그에 가까워지려 애썼어요. 2010년 2월부터 시작한 이 기록은 한 뼘씩 좋은 사람이 되고 싶은 제 기도문과 같습니다.

〈내가 생각하는 멋짐〉

뻔하지 않음. 혹은 뻔한 걸 알고 대놓고 뻔함.

약자에게 약하고 강자에게 강한 사람.

열심히 살 줄도 알고 재밌게 놀 줄도 아는 사람.

보들레르나 니체도 읽지만 만화책과 칙릿도 재밌게 읽는 사람.

유쾌하면서도 진지한 사람. 다시, 가벼우면서도 깊은 사람.

사람 위에 군림하지 않는 리더. 멘토. 스승.

존재감.

눈치 보게도, 무안하게도 만들지 않는 배려.

핑계 없는 행동력.

있는 체하는 사람들 사이에서 없는 것에 당당한 것.

아닌 척 응큼하느니 똥폼을 잡아도 계산속 없기.

체면치레 않고도 체면을 잃지 않는 것.

논리로 꽁꽁 싸매인 세계에 사는 이가 얼토당토않은 감성을 드러내는 것.

생의 절정의 순간에 카메라를 내려놓을 줄 아는 사진가.

치열하게 애쓰지만 아무것도 드러나지 않는 정적.

묻지 않은 변명은 하지 않는, 상처를 떠벌리지 않는 자.

뒷맛이 개운한 만남.

마지막으로 "이 모든 걸 알고 있지만 역시 쉽지 않은, 인간적인 너무나 인간적인, 그대 그리고 나" 하고 위로해 두었습니다. 그런데요, 선생님. 어떤 때는 매 순간을 살아가는 일에 이렇게 가다듬은 문장이 다 무슨 소용일까 싶습니다.

결혼 후에 친정엄마, 시어머니와 한자리에 모여 이야기 나누는 시간이 몇 번 있었습니다. 결혼 전부터 인연이 되어 친구처럼 지내시는 두 분 곁에서 이야기를 듣고 있으면 제가 겪는 고민의 파장이 얼마나 적은 것이었는지 문득문득 깨달아요. 젊어서, 힘이 남아돌아 별별 데 마음을 쓰며 시간을 보냈구나 싶기도 합니다. 제가 고민이나 고뇌라고 생각하던 것들이 두 분께는 살며 스치는 일상이더라고요.

선생님께서 시어머님 임종을 지키고 보내셨다는 지난 계절, 저는 시어머니의 시아버지, 그러니까 저한테는 시증조부님의 임종 때 소회를 들었습니다. 태어나 그렇게 슬플 때가 없으셨다고요. 모든 걸 다 상의하고 의지하던 어른이 가셨는데 이제 어찌 살아야 하나 싶으셨대요. 자라면서 엄마는 처음부터 엄마인 줄만 알고 살았는데 엄마도 엄마 역할이 낯설고 힘드셨겠구나, 이제야 헤아립니다.

벌써 20년 가까이 되는 이야기를 꺼내시면서 "지금도 눈물이 날라칸다" 하고 눈가가 촉촉해지시는데 마음이 찡했습니다. 그때의 시간과 여기의 시간이 이어져 있구나 싶기도 하고요. 마음공부라는 게 어쩌면 따로 없겠죠. 관념적인 것이 아니라 한 걸음씩, 어쨌든 잘 살아 내는 것. 사랑이라고 부르는 것들을 느끼고 지키는 것이겠지요. 달뜬 감정으로 펑하고 터지지 않는, 어쩌면 무디고 단단한 관계 맺음이 우리 삶을 지탱하는 것이 아닐까 새겨봅니다.

한강 작가, 선생님의 시어머니, 저희 엄마와 시어머니로부터 제가 받는 가르침은 '결국 상처는 아문다'는 것과 '앞으로 나아가게 하는 힘은 결국 용기'라는 것입니다. 그렇게 또 한 번 삶에서 배웁니다.

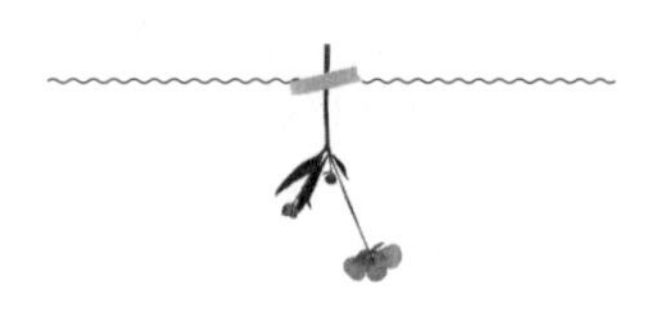

나다움,
관대함, 용기

바다는 해안에 하얀 거품을 남깁니다. 무한한 심연에서 일어난 물결이 얼마나 먼 데를 돌고 돌아 거품으로 도착했을까. 잠시 모래밭에 스몄다가 아무렇지도 않게 거품은 다시 먼 여정을 떠납니다. 햇살이 밀고 바람이 끌어 닿은 자리를 밀치고 온 힘으로 대양을 향합니다. 송도에 살아서인지 나의 모든 상상력은 바다를 향합니다.

민정 씨 덕분에 나도 매력이란 것에 대해 곰곰이 생

각해 보았어요. 매력. 끌어당기는 힘. 끌려가는 힘. 모두 바다 또는 자연의 성품을 닮았네요. 누군가의 매력 또한 그 사람의 숨은 질서에서 생성되고 바람이 도와 만든 햇빛이 아닐까요. 실력, 주눅 들지 않음, 모험 등. 몇몇 매력적인 요소를 떠올리다 보니 민정 씨의 리스트에 거의 동의가 되더군요. 나름 서로의 느낌이 비슷함에 유쾌하네요.

특히 '치열하게 애쓰지만 아무것도 드러나지 않는 정적'이란 구절이 정말 가슴에 다가왔어요. 무위의 매력입니다. 그리고 '모든 걸 알고 있지만 역시 쉽지 않은, 인간적인 너무나 인간적인 그대와 나'에도 공감합니다. 우리 모두는 그렇지요. 어쩔 수 없는 한계적 존재입니다.

하지만 인간은 그렇게 고민하면서 한 걸음씩 매력을 키워 갑니다. 칠십이란 나이를 종심從心이라고 하는데, 아무리 비범한 사람이라도 최소한 칠십까지는 고뇌를 계속한다는 뜻이겠지요. 나도 욕심쟁이라 참 많은 것을 고민했던 것 같아요. 그 고뇌의 높이와 넓이, 부피가 어줍긴 하지만 나이가 들어가며 매력은 내게 세 가지로 정리되는군요.

하나는 자기를 뺏기지 않는 삶, 자신의 영혼을 뺏기

지 않는 삶, 생각을 뺏기지 않는 삶입니다. 하나로 뭉친다면 '자기다운 자기'를 사는 삶이겠지요. 여기에는 어떤 등급도 어떤 시선도 중요하지 않습니다. 그저 가장 자연스러운 나만이 끝없는 설원에 홀로 눈새기꽃처럼 피어납니다. 훈련된 관념으로 자기를 지시하지도 않고, 쉽게 자만하거나 쉽게 비하하지도 않으면서 아름답고 치열하게 그러나 잠잠히 살아가는 것. 그 매력을 다시 배워야겠어요.

두 번째는 알면서도 흔쾌히 속아 주는 '관대함'입니다. 나이가 들고 보니 내게 알면서도 속아 준 어른들이 있었다는 걸 깨닫습니다. 참 고마운 일들입니다. 예전엔 속는 것인지도 몰랐고, 속지 않으려도 했고, 크건 작건 속았다 싶을 땐 분노와 우울을 느꼈지요. 지금은 일부러 속아 주는 경우가 많습니다. 스스로 손해를 보는 재미가 쏠쏠합니다. 또 모르고 속은 경우에도 그다지 화가 나지 않습니다. 모든 것이 내 생각대로 되는 것이 아님을 압니다. 상황에 따라 내 의지는 다양한 행동으로 전개될 수밖에 없더군요. 변검술처럼 말이에요. 그래서 상선약수上善藥水, 말 그대로 물의 지혜를 따라갈밖에요. 나이란 그래서 좋은 것이더군요.

마지막은 민정 씨가 언급한 '용기'입니다. 우리가 여러 번 나누었고, 내가 강연이나 공부 모임에서도 자주 강조하는 단어지요. 고개 숙이는 용기, 손해 보는 용기, 지는 용기, 뒤로 물러나는 용기, 가난을 선택하는 용기. 그 모두가 쉽진 않지만 그래서 우리는 공부하는 것 아닐까요. 어떤 깨달음도 용기가 없으면 아무것도 아니게 됩니다. 무엇보다 용기에는 상상력과 감수성이 절대 필요하지요.

요즘 계속 호세 마르티의 작품을 번역하는 데 많은 시간을 보내고 있어요. 좀 무리한 도전이긴 하지만, 내겐 어떤 여행이나 모험보다도 하루하루 설레는 날들이네요. 용기에 관해 이야기하니, 그가 더욱 생각납니다.

그의 모든 작품은 유네스코 세계기록유산으로 지정되어 있는데, 마르티 사상의 고갱이가 바로 용기입니다. "억압받고 있는 국가에서 시인이 될 수 있는 유일한 방법은 혁명 전사가 되는 것뿐이다." 이런 발언은 궁극적 평등을 추구한 그의 용기를 보여 줍니다. 가난하고 섬약한 소년이었던 그가 어떻게 삶에서 용기를 끌어낼 수 있었는지가 저의 관심사입니다. 한동안 집중해서 공부해 볼 참이에요.

민정 씨는 충분히 매력적입니다. 섬세한 응시로 자신

을 들여다보며 주변과 충분히 공감하는 젊은 정신, 그것만으로 아름답습니다. 민정 씨 생각처럼 나도 '인간적인, 너무나 인간적인 나'를 믿고 싶어졌어요. 거품이 가진 심연을 따라가요. 함께.

아기를
낳아야만 할까요

선생님, 지난 일요일에는 할아버지 장례를 치르러 남해에 다녀왔습니다. 성인이 된 후 상주가 되어 처음 치른 일이었지요. 올 추석 지내고 돌아 나오는 뒤로 "느그가 가니까, 섭하다" 하실 때, 고작 "또 올게요" 정도로 응해 드린 게 마지막인데. 부음을 듣고 내려가 다시 뵌 할아버지는 하얀 주검이 된 모습이셨어요. 내년이면 구십인 데다 마지막에 잠든 듯 편히 가셨으니 호상이라고들 하셨지만 막상 눈으로 확인하는 할아버지의 죽음은 참 낯설고 허망합니다.

장례식장을 지켜 발인하고 화장하는 모든 절차가 낯선 가운데 엄마가 울면 목놓아 따라 우는 어린아이가 되었습니다. 저의 슬픔은 엄마의 허망함, 아빠의 헛헛함으로부터 건너왔지요. 다섯 고모가 추억하는 아버지의 이야기에 딸로서 마음이 울렁대기도 했고요. 우리가 수많은 이야기로 엮여 있고, 그 이야기 속 동일 인물을 공유하며 가족이란 이름으로 묶여 있음이 새삼스러운 밤을 지새웠습니다. 그렇게 이 가을, 날 좋은 날, 할아버지 가시는 길을 잘 배웅해 드렸습니다.

지난봄, 선생님께서는 시어머니를 보내시고 생명의 숭고함을 전해 주셨지요. 작은 여인이 남기고 간 생명의 그물. 낳고 기르고 관계를 짓는 삶이 어떤 자유보다 크다는 깨달음을 얻으셨다고요. 결혼해 1년이 지나고 보니, 주변에서 이제 슬슬 안부처럼 아이 소식은 없냐는 질문을 합니다. 신랑이랑 둘이서는 '아이가 생기면 축복이지만, 안 생기면 너무나 다행이다' 몰래 다짐하고 있습니다.

글쎄요, 선생님. 어릴 때부터 아기를 좋아했지만, 온전히 제 책임으로 한 생명을 품고 낳아 기르는 것을 생각하면 아득하기만 해요. 여태껏 나름대로 뜨겁게 지내왔지만, 이 치열한 세상에 잘 살아 내려 애쓰는 일을 누군가에게 물려주고 싶지 않은 것이 사실이고요.

서울의 좁은 집에서 신랑이랑 맞벌이로 지내는 삶이야 알뜰살뜰 즐겁지만 아이를 낳는 순간 키우는 일, 키우기 위해 돈 버는 일이 막막해지는 것도 사실입니다. 한 생명을 반겨 맞이하는 일이 어떤 마음가짐일 때 비로소 갖춰지는 것일지, 제가 그런 맘이 드는 날이 올지 싶기도 해요.

열네 살 적부터 제일 친하게 지낸 친구 무리가 저를 포함해 넷인데, 제가 결혼하던 즈음 비슷한 시기에 다들 결혼을 했습니다. 희한하게 네 명이 비슷한 생각을 해요. 누구는 아이는 절대 갖고 싶지 않다고 하고, 누구는 언젠가는 생기겠지만 지금은 싫다고 하고, 누구는 남의 애는 예뻐도 내 아이는 싫다 하고요.

아이에게서 오는 행복을 바라는 것은 일종의 욕망이라는 생각도 듭니다. 모든 사랑은 건강한 자기애가 전제되어야 더 크게 나눌 수 있다고 마음을 다져왔는데, 한 생명을 반기는 일보다 저를 희생하는 것부터 먼저 생각하게 되네요.

솔직히 겁이 납니다. 요즘 흙수저, 금수저 그런 말들 하잖아요. 이미 어떤 부모와 환경에서 태어나느냐가 삶의 방향을 정한다는 세상에서 제가 한 생명에게 마련해 줄 출발선은 어디쯤 되는 걸까요.

결혼할 때 시아버지가 그런 말씀을 하셨어요. 특별한 효도 하려 들지 말고, 너희끼리 잘사는 것이 제일 효도다. 그 말씀이 벅찬 삶을 사는 데 위로가 되었는데…. 부모와 자식이란 연, 참된 효와 행복이란 정말 그런 걸까요?

이 세상에 내가 사랑하는 한 존재를 더 품고, 나를 사랑해 줄 존재를 낳는 일이 과연 더 행복한 삶으로 나아가는 것인지. 제가 이 세상에 온 이유도 그런 건지, 답을 얻지 못한 어린 마음에 생명을 맞는 일을 오늘도 보류합니다. 한 살이라도 더 젊을 때 빨리 낳아라, 하시지만 말이죠.

아빠를 포함해 일곱 남매, 그리고 그 일곱 남매로부터 손주들까지. 이제 막 배웅해 드린 할아버지가 남기고 간 저희는 아직 새로운 생명을 맞을 준비는 전혀 못 하고 있는데, 시간이 지나면 자연히 받아들여질까요? 10년 연애에서 결혼으로 이어지는 자연스러운 흐름과 다르게 생명을 맞는 일에는 유달리 용기도, 의욕도 없는 것이 잘못인 건지. 한 생명이 다시 땅으로 돌아간 배웅 길에서 제 마음을 다시금 살펴봅니다.

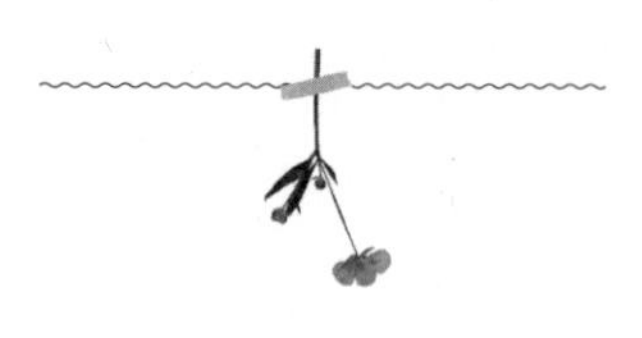

삶과 사랑을 이해하는 방식

다른 말은 필요 없을 듯합니다. 생명은 그저 신의 선물이에요. 숭고한 축복이고, 어떤 논리도 어떤 사유도 작동하지 않는, 그저 그 자체로 오묘한 기적이지요. 생명이 철학이고 예술이고 진리이고 자유이고 그 모든 이유입니다. 이렇게 말하는 건 내가 나이 든 탓일까요.

내가 지금까지 한 일 중 가장 잘한 게 아이를 낳은 일입니다. 스스로도 기특한 순간들은 그 아이들을 돌본 순간들입니다. 물론 잘 돌보진 못했죠. 어릴 때부터 자립적 삶을 강조하며 스스로 선택하고 책임지도록 가르치면서 내버려 둔 적이 많아 오히려 가슴 저림이 아직 남아 있어요. 그럼에도 이 지구에 와서 잘한 건 생명을 낳은 일이라고밖에 말할 수 없네요. 각 개인이 지닌 생명의 사슬은 어디서 온 것일까요. 나의 DNA는 얼마나 긴 시간과 공간을 담고 있는 것일까요.

생명이 소중한 건 저마다 몸에 지닌 저 기나긴 생명의 여정 때문입니다. 인디언 영성의 가르침에 여성은 모성을 통하여 영적으로 진화한다고 합니다. 이를 '생명모성'이라고도 하지요. 생명모성은 우리 안에 내재한 존재의 근원입니다. 여성-남성으로 이분화되기 이전의 성품으로 인간 모두에게 해당하는 것이며 동물계에서도 볼 수 있는, 잉태해서 보살피고 키우려는 생명의 충동이고 본능이라 할 수 있습니다. 인간이 생명을 낳고 기르는 본성을 몸 안에 지니고 태어나는 건 정말 큰 행운일지도 모릅니다.

우리 삶이 워낙 고단하고 폭력적이다 보니, 너도나도 두려움이 많아졌지요. 하지만 민정 씨가 생명을 두려워하지 않기를 바랍니다. 삶이 두려워지는 건 물질 중심, 편리 중심의 자본주의 때문입니다. 갈수록 팍팍해지는 시대 속에서 결혼과 출산을 포기하는 청년들이 많아지고 있습니다. 극단의 물질문명이 젊은이들에게 이상과 희망을 주는 게 아니라, 오히려 미래에 대한 불신과 불안을 주는 까닭이지요. 하지만 그럴수록 원하는 삶보다 원하지 않는 방향으로 우리를 끌고 가는 자본주의에 속지 않았으면 좋겠어요.

물론 출산은 이제, 치러야 할 시험 같은 게 아닙니다. 그런 규범에 갇힐 필요는 없습니다. 개인의 삶이 규범보다 더 소중합니다. 출산의 자유를 비롯한 다양한 가치 앞에 여성들이 선택할 수 있는 길이 많아진 것도 시대 현상 때문만이 아닙니다. 삶에서 가치를 가꾸는 건 결국 자신이기에 그렇습니다. 그 어떤 선택이라도 소중할 수밖에요.

다만 결혼도, 출산도 우리가 사랑을 이해하는 중요 방식이라고 말하고 싶어요. 결혼은 형식이 아닙니다. 삶과 사랑을 책임지는 방식이지요. 그리고 사랑을 깊이 이해하는 방식이고요. 출산도 마찬가지입니다. 아이를 낳는 게 중요한 게 아니라, 출산을 통해 모성을 경험하는 일이 진짜 나를 이해하는 또 하나의 길이라서 그렇습니다.

아이들 기르는 고단함 속에서 헌신과 연민을 배웁니다. 그런 자각이 없다면 결혼도 출산도 기계적인 소비에 불과할지 모릅니다. 그건 더 끔찍하겠지요. 생명을 기르며 영혼이 성장하는 과정을 모성이라고 합니다. 이 모성성 또는 여성성은 여자에게만 있는 것은 아닙니다. 우주적인 영성을 가진 존재라면 남자 또는 동물에게도 있는 것입니다. 돌본다는 것은 바로 그런 대지적 모성을 말하는 거지요.

우리에겐 생명을 돌보는 연습이 필요합니다. 출산이 어려우면 입양을 할 수도 있지요. 동식물을 돌보는 것도 마찬가지입니다. 그렇게 사랑이 무엇인지, 헌신이 무엇인지 배워야 우리의 영혼은 성장하는 것이기에. 사랑을 제대로 이해해야 나 자신도 제대로 이해하고 사랑할 수 있으니까요..

나이가 훌쩍 들어 버린 지금 내게 값비싼 저택 한 채를 소유하는 일과 아이 낳는 일 중 한 가지를 선택하라면 출산을 택할 것입니다. 몇 년의 자유로운 세계여행과 잉태 가운데 선택하라고 해도 또 당연히 잉태를 택하지요. 그것은 무엇과 비교할 수 없는 선물이기 때문입니다. 부모님들이 민정 씨에게 그런 당부를 하는 건, 생명을 잉태하고 기르는 일과 그 신비가 얼마나 눈부신지 잘 아시는 까닭일 거예요.

그런 숭고를 체험한다는 건 정말 눈부신 환희지요. 그건 어른이 되는 일입니다. 기도하는 마음이고, 거름이 되어서 꽃을 피우는 마음이며, 기다리는 마음이기도 합니다. 진정한 사랑이지요.

하지만 또 잉태는 내가 욕심부린다고 되는 건 아니니, 간절한 마음으로 선물을 기대할밖에요. 우리 딸은 예쁜 공주를 낳았어요. 일을 그만두고 아기만 돌보기로 했다기에 칭찬했어요. 생명을 제대로 품고 기르는 일은 어떤 재산으로도 가늠할 수 없는 가치거든요. 엄마가 된 딸을 보니 새삼 그 아이가 존엄하다는 느낌을 받습니다.

민정 씨만의 특별한 가을, 특별한 단풍 숲을 만나기를. 그리고 기나긴 생명의 여정을 누리기를. 나는 곧 6개월 여정으로 다시 쿠바에 갑니다. 행복은 앞에 있어 잡으러 다닐 대상이 아니라, 뒤에서 부지런히 따라오는 존재라고 믿으면서요. 또 편지합시다.

다섯。

책으로 성장하는 시간

퇴사하고
독립출판에 도전합니다

선생님, 쿠바에서의 긴 계절은 어떻게 지내고 계셔요? 저는 지난 편지를 드리고 새로운 계절을 맞으며, 또 한 번 생의 한 장을 넘겼습니다. 회사를 그만두었어요! 이번에는 다른 곳으로 옮기는 것이 아니라 당분간 온전히 쉬기로 결정했습니다.

스물다섯 살, 선생님 처음 뵈었던 그해에 서울에 올라와 대학교 졸업식에도 참석하지 않고 사회생활을 시작했으니, 이쯤에서 '쉼표 한번 찍고 가자' 하는 맘이었어요. 퇴사를 결정하기 전 두어 번의 계절 동안 몇 번이고 거듭 고민해 내린 결론이에요.

미디어에 대한 호기심으로 시작해, 광고 그리고 마케터란 직업으로 살았던 저는 사실 굉장히 일을 즐겼어요. 고시 공부하던 학창 시절보다 사람들과 어울려 에너지를 내서 결과를 만드는 작업이 좋았죠. 업무에 처음 막 적응하던 시기에는 인문학 가치에 반하는 상업적 활동을 하는 것이 과연 나의 사명이 될 수 있을까 싶었지만, 존 러스킨의 책에서 답을 구했습니다.

현대사회에서 상업은 곧 기만행위인 것처럼 인식되지만 상인의 속성은 필요한 물품을 제공한다는 데에 있다는 구절을 몇 번이나 새겨 읽었죠. 광고라는 게 좋은 가치를 알리는 활동이라고 정의하고 난 뒤 저는 직업인으로서 정말 행복하게 임했어요. 알리고자 하는 메시지를 더욱 드라마틱하게 다루거나, 비용이 헛되이 쓰이지 않도록 조율하는 시간을 보내며 '이거야말로 체질인 걸' 싶은 확신이 있었습니다.

그러다 보니 완급 조절을 잘 못했어요. 큰 회사에서 작은 회사로 옮겨와 보니, 각 구성원이 일당백으로 맡은 소임을 다 해야만 하더라고요. 우리가 전하고자 하는 가치가 시장에서 살아남게 하려면 쉼 없이 달려야 했습니다. 정시에 퇴근해 본 기억은 정말로 손가락에 꼽을 것만 같아요. 회사의 성장과 함께 업무 환경은 조금씩 나아졌지만, 조직 내에서 구성원을 이끄는 역할을 해야 했던 저는 업무 범위가 점점 넓어져 감당이 안 될 만큼 흔들렸고 급기야 백기를 들었습니다. 아쉽기도 하고 다행이기도 해요.

퇴사 결정은 일상에 매몰되지 않고 '행복해지겠다!'는 선언이에요. 서른셋에 쉼표 한번쯤 찍어 볼 수 있지 않겠어, 호기를 부린 것은 새롭게 마음을 쏟을 또 하나의 도전을 앞두고 있기 때문이기도 해요. 선생님, 지금까지 쓴 글들을 모아 산문집을 내보려 합니다.

일하는 동안 광고를 '가치를 전하는 일'로 대하는 어른들을 찾아보곤 했어요. 닮고 싶은 별빛을 찾는 일종의 순례와 같았죠. 광고계의 여성 거장으로 불리는 분이 퇴임 후 책방을 열었다는 소식을 듣고 찾아가 보았습니다. 그렇게 찾아간 '최인아 책방'의 문을 열던 순간을 잊지 못해요. 도심 한복판 건물의 4층, 두꺼운 문을 열어젖히니 높은 천장까지 책이 빼곡하고 아름다운 음악이 가득했어요. 막연히 꿈꾸었던 모든 것이 집약된 공간에 들어서니 생경한 기분마저 들었습니다. 선생님 생각도 많이 났고요.

그렇게 관심을 기울이던 공간에서 '북메이킹 클럽'을 진행한다는 거예요. 책으로 묶을 만한 글감을 가진 이들이 모여 직접 책을 출간하는 과정을 배우고 실행해 보는 거죠. 덜컥 신청했습니다. 최근 서울에서는 이렇게 출판사도 편집자도 없이, 저자가 글을 쓰고 편집해 책으로 묶고 판매하는 모든 과정을 온전히 스스로 감당해 내는 '독립출판'이 서서히 지평을 넓혀 가고 있어요.

더해서 주말마다 책방 탐방을 나서는데 무척 흥미롭습니다. 다들 책을 읽지 않아 책이 사라진다고 아우성치는 시대에 역설적으로 종이책에 꿈을 실어 만들고 판매하는 일이 새로운 가치로 조명됩니다. 책 만들기 과정을 꾸려 주시는 분에 따르면, 영국이나 미국에서는 이미 총량으로는 대중출판사를 넘어설 정도로 독립출판이 성장했다고 해요. 베스트 '셀러seller' 가 아닌 베스트 '밸류value' 타이틀이 어쩌면 책이라는 존재가 갖추어야 할 덕목일 테니 그럴 만도 하죠.

그럼에도 남는 의문 하나가 있습니다. 독립출판물을 전문적으로 판매하는 서점에 가 보면 정말 다양한 책들이 있는데 권당 가격이 만만치 않아요. 주머니 사정이 가벼운 독자로서 선뜻 구매 결정이 쉽지 않은 순간들이 있습니다. 대량으로 찍어 내는 출판사 책들과 달리, 소량을 찍는 독립출판물은 원가 차이가 당연히 날 수밖에 없을 테죠. 그 희소성에 비용 지급을 결정하는 건 온전히 독자의 몫이 되고요.

책뿐만 아니라 생활용품도 마트에 가거나 인터넷을 뒤져 대량 생산품을 고르면 가성비 괜찮은 물건을 손에 넣으니, 또 대자본을 바탕으로 한 상인들만 배를 불리는 소비를 하게 됩니다. 그렇다고 가치를 우선하는 물건을 사려면 비용이 적잖게 들더라고요. 가치와 자본이 동일시되지 않을 때 빠지는 딜레마입니다.

영화 〈유브 갓 메일〉을 보며 거대 자본이 운영하는 대형서점과 백년어서원같이 작지만 힘 있는 공간 사이의 균형감에 대해서 고민하던 때가 있었어요. 이제 정말로 책을 세상에 내놓을 작정이니 행동으로 연결되는 고민을 해 보겠습니다. 책이 나오면 품에 안고 선생님 뵈러 갈게요.

책이라는 생명을 만드는 일

정말 반가운 소식입니다. 첫째는 책을 만드는 일에 관심을 가졌다는 것이고, 둘째는 삶을 일상에 함몰시키는 직장을 당분간 쉰다는 겁니다. 호세 마르티에 대해 민정 씨와 공유하고 싶은 이야기가 하나 더 생겼네요. 그의 사상과 작품에 집중하면서 다시 깨닫는 것은 '읽고 쓰는' 일의 중요성입니다. 그는 매체를 창설하여 끊임없이 발언을 담아내고 알렸어요. 읽고 쓰는 일이 모든 혁명의 시작이라면 책이나 매체의 발간은 혁명의 과정이지요.

마르티는 신문을 발간하고, 잡지를 발행하고, 글을 번역하고, 시집을 출간합니다. 죽을 때까지 멈추지 않았죠. 나중에 발간된 그의 전집은 400쪽이 넘는 분량으로 27권에 달합니다. 열여섯 살에 정치감옥에서 강제노역형에 처해지고, 열여덟 살에 유배 생활을 시작한 마르티는 죽을 때까지 한곳에 정착하지 못하고 떠돌며 쿠바 독립을 위해 고독하게 투쟁했습니다. 그 삶을 생각하면 마르티가 남긴 기록은 정말 엄청난 분량이지요.

마르티는 언제 어디서나 신문과 잡지와 책을 발간했습니다. 그만큼 절실했고 그만큼 고독했던 그의 사유를 가늠해 볼 수 있죠. 난 여기서 인문 운동의 시작을 봅니다. 읽고 사유하며 글을 쓰고 책을 묶어 하나의 발언으로 만드는 일 자체가 인문학입니다. 생각을 글로 표현하고 그것을 다른 사람들과 나눌 수 있어야 삶을 변화시키고, 가치를 만들어내고, 공감을 끌어낼 수 있습니다.

극단적인 물질주의에 갇힌 우리 사회를 구하려면 가치와 공감을 끌어내야 하고 그러려면 감동이 필요합니다. 다른 사람을 감동시키기 위해선 진실한 표현이 필요하고, 진실한 표현은 깊은 사유와 실천에서 나오고, 이 사유와 실천은 읽기와 쓰기에서 다져집니다.

자본의 폭력이 극대화된 현실에서 우리들의 무기는 주먹이 아니라, 쓰기를 통한 성찰과 가치의 진정한 실천인 거지요. 끊임없이 발언해야 하고 그 발언을 담아내야 합니다. 일상에 끄달리면서도 하나같이 진정한 자기를 갖고 싶어 하고, 사회가 가치 있는 공동체로 변화되기를 바라는 사람들을 위해서요.

나는 누군가에게 용기를 주는 일도 글쓰기를 통해서 가능하다고 믿습니다. 누구든지 자신과 사회를 발견하고 변화시키는 발언을 하며 흔쾌히 자신의 책으로 묶을 수 있어야 합니다. 민정 씨가 책을 만드는 과정은 바로 그러한 투쟁이기도 한 거지요.

책을 내는 일은 자신의 피를 쏟아 하늘에 맑은 별 하나 띄우는 일이지요. 너무 비장한 표현이지만, 그만큼 고독하고 아픈 헌신이 필요합니다. 어떤 정신적 허영으로는 안 됩니다. 책 발간은 자신을 희생물로 제단에 놓는 일입니다. 호세 마르티의 '읽고 쓰고 발간하는 삶'을 보면서, 내가 백년어서원에서 잡지를 발간하는 일이 얼마나 중요한지 새삼 깨닫게 되었답니다.

계간지 『백년어』는 많은 사람이 함께합니다. 십시일반 마음을 보태어 원고를 쓰고 모으고 편집해요. 종이 파는 사람, 인쇄하는 사람, 제본하는 사람, 유통하는 사람 모두가 한마음이 되도록 만드는 과정이 책에 담깁니다. 부족하면 부족한 대로 미약하면 미약한 대로, 꾸준히 발간해 왔지요. 그렇게 많은 시간을 보내고 『백년어』가 얼마나 중요한 것인지 더 잘 알게 되었습니다. 발언을 담아내는 쓰기를 통해 그 푸른 지느러미를 나누기 위해서 노력 중입니다.

쿠바에서도 책을 출판하는 일에 대해 많은 걸 배웁니다. 물론 물질적인 한계가 있어서 그렇겠지만, 책들이 귀한 내용을 담고 있으면서도 참 소박한 형태입니다. 한국에서 화려한 표지로 상품화된 책들을 보다가, 쿠바에서 이미지 없이 깨알 같은 글씨로 가능한 한 페이지에 많은 내용을 촘촘히 담으려 애쓴 편집을 보면, 그야말로 '즐거운 불편'을 그대로 전달받지요.

모든 공부의 정점은 글쓰기입니다. 글을 써야 비로소 반성적 사고가 일어나고, 성찰이 작동합니다. 내부에 깊은 성찰이 일어나야 실천이 가능하고, 실천해야 공감이 형성되고, 공감이 형성되어야 공존하는 사회가 됩니다.

듣고서만 끝나는 강좌는 한 귀로 들어와 한 귀로 새어 나가는 바람이 될 뿐이고, 읽는 일은 비판적 지식만 키워 자칫 사람을 오만으로 이끌기도 합니다. 쓰는 일을 통해 비로소 지식은 낮아지고, 손과 발이 되고, 가슴이 됩니다. 그래서 백년어서원은 글쓰기공동체를 지향합니다. 청소하는 분들에게도 기업의 임원분들에게도 저의 요구는 단 하나, 글쓰기입니다.

기대할게요. 부디 좋은 책을 내고, 또 주변 사람들이 좋은 책을 낼 수 있도록 도웁시다. 글을 쓰고 책을 내는 것은 총체적으로 자신을 보여 주는 일이라 자신을 더 깊이, 실천적으로 들여다볼 수밖에 없습니다. 책도 총명한 눈빛을 지닌 생명입니다. 태어나면 자라나고 성장하면서 여러 사람을 찾아갑니다. 점차 독립적인 존재로 살아가는 거지요. 그래서 책을 내는 일은 생명의 의식입니다. 그 탄생에 대한 두려운 책임과 사랑이 절실한 거지요.

온 힘을 다하던 일을 그만둔 건 한편으로 서운하겠지만, 민정 씨를 필요로 하는 또 다른 일들이 기다리고 있을 테니 그것도 기대하기로 해요. 가장 두려운 것은 일상에 함몰되어 원하지 않는 방향으로 몰려가는 일입니다. 잠시 쉬면서 대자연의 요소인 자신의 영혼을 하늘에 비추어 보고 우리 사회의 모습도 다시 발견해 보세요.

오늘, 잔소리가 너무 길었네요. 민정 씨의 아름다운 독립운동을 믿어요. 힘냅시다. 얼굴 보는 날, 기대하며.

책을 내고
깨달은 한계

사회생활을 하는 동안 '직장 여성'으로서 감정을 누르는 것을 훈련해야 한다고 오랫동안 생각했어요. 감정의 결을 갖는 건 일종의 약점이라 생각했지요. 모든 직장인이 그렇겠지만 마케팅 업무를 하다 보면 목표가 명확한 숫자로 주어지고, 데이터를 근거로 이야기를 해야 하죠. 숫자에 압박받는 숱한 날들이었어요.

감정이 차오를 때면, 우스갯소리로 '문과 여자'라 '이과 남자'들과 일하기 참 힘들다고 이야기했어요. 어린 왕자가 찾아갔던 네 번째 별을 기억하시나요? 부자가 될 생각으로 숫자만 세는 사업가가 있는 별이요. 그는 진지하게 장부를 보지만, 어린 왕자 눈에는 무의미한 일이었죠. 사업가는 숫자에 매몰되어 정작 그 숫자에 담긴 의미를 놓쳤던 거죠. '논리'의 반대말이 '감정'이 아닌데도, 스스로 제가 가진 감정이라는 커다란 강점을 비논리적인 것으로 치부해 버렸나 봐요.

직장 여성이라는 짐을 내려놓고 쉬는 동안 스스로를 살펴보니, 저는 감정을 느끼고 감동이 일어나야 비로소 앞으로 나아가는 '감동벽'이 있더라고요. 그래서 제 책의 제목을 『감동벽 기록증』이라 지었어요. '낭만'을 떼고서는 나라는 사람을 정의할 수 없더라고요.

저는 낭만적일 때 무한히 행복해집니다. 만약 어린왕자가 직업인으로서의 저를 보더라도 이상한 어른이라 생각하지 않았으면 좋겠어요. 저는 어린왕자와 손을 잡고 함께 이야기하고 싶으니까요.

우습지만, 선생님 저는 책을 내고 난 다음 날 아침, 세상이 조금은 달라져 있을 거라 생각했어요. 그토록 바라는 책을 낸 사람이 되었다니! 꿈을 이뤘다니! 하지만 아무것도 달라지지 않았죠. 오히려 시간이 갈수록 왜 부족한 글들을 모아 책의 형태를 갖추게 했을까, 좀 더 살뜰히 익은 다음 옹골찬 글로 채웠어야 하지 않았나 싶어 괴로웠어요. 그런 시간을 보내며 스스로의 한계를 넘어서고 싶다는 생각이 더욱 커졌어요.

호흡이 더 긴 글을 쓰고 싶다, 문장보다 이야기를 쓰고 싶다, 타국의 언어로도 써보고 싶다. 아마 책을 내보지 않았다면 제 한계를 잘 몰랐을 거예요. 여전히 부족하지만 선생님의 눈빛을 닮은 이야기들을 쓰고 펼치는 어른이 되어 보려고 합니다.

책을 펴내는 일은 이렇게 한계를 깨닫고 저 스스로와 화해하는 힘을 기르는 시간이 되었어요. 선생님, 제가 화해에 관한 글을 쓰고 싶다는 생각을 한 계기는 『숨결이 바람 될 때』라는 책을 읽고서부터예요. 신경외과 전문의가 되기 직전의 서른여섯 젊은 의사가 시한부 선고를 받고 2년 동안 쓴 글이죠. 저는 완전히 사로잡혔습니다. 특히 마지막 부분에 실린 글에요.

"네가 어떻게 살아왔는지, 무슨 일을 했는지, 세상에

어떤 의미 있는 일을 했는지 설명해야 하는 순간이 온다면, 바라건대 네가 죽어 가는 아빠의 나날을 충만한 기쁨으로 채워줬음을 빼놓지 말았으면 좋겠구나."

저자가 딸에게 남긴 이야기예요. 이 책의 마지막 장을 덮으며, 저도 아이가 생기면 기쁜 마음으로 받아들일 수 있겠다고 생각했어요. 지금 돌아보면 직장 생활을 하는 제 자아를 위한 방어기제로 아이 낳는 걸 피하지 않았나 싶어요. 경력 단절, 유리 천장, 부정하려 해도 저 역시 예외가 아니었던 거죠. 부정당하기 전에 스스로 부정하겠다는 한계를 그었던 것 같아요.

그 한계에 대해서도 이제 화해하는 힘을 내어 보려 해요. 그런 방어기제 때문이었는지, 퇴사를 즈음해서는 행복이라는 단어도 너무 관념적이라고 한동안 시큰둥했지요. 이제는 아침에 맛있는 밥을 지어 먹고, 그때그때 좋은 날들을 두 발로 누비며 한껏 행복해 보려고 해요. 선생님의 하루도 가을도 알록달록하시길 바라며, 또 소식드리겠습니다.

나를 넘어
타자를 향한 글쓰기

최근 잘 아시는 분이 새로운 책의 표지를 카톡으로 보내주며 권하십니다. 자연사 등의 낯선 분야입니다. 잘 모르는 분야의 책들이지만 진지하고 재미있는 나눔입니다.

우리가 다른 사람들과 서로 낯선 책 이름을 나누는 것은 결국 독서와 인문적 사유에 관해 나누고 싶어서입니다. 다양한 사람들의 깊은 공부와 만나고 도전하는 일은 중요합니다. 진정한 개성과 진정한 감정을 이해하기 위해서죠. "시는 감정의 표출이 아니라 감정으로부터의 도피이고, 개성의 표현이 아니라 개성으로부터의 도피이다." T.S.엘리엇이 한 말입니다.

감정에서 도피한다는 것, 개성으로부터 도피한다는 말은 무슨 의미일까요. '시' 대신에 '글쓰기'를 넣고 읽어 보아도 많은 생각거리를 던져 줍니다. 민정 씨가 한계에 대해서, 화해하는 힘에 대해서 고민한다니, 이제 우리 나눔이 더 깊어 질 듯하네요. 고마운 일입니다.

책을 발간하고 나면 조금은 자신이 기특하지만 또 자괴감이 일어나기도 하죠. 당연한 일입니다. 어느 저자든 다 경험하는 일이지요. 다만 당부하고 싶은 건 이제는 자기로부터 벗어나야 한다는 거예요. 우리가 처음 편지를 주고받을 무렵부터 나누었던 주제인 '타자'에 대한 고민이 필요합니다.

그러니까 지금부터는 다른 사람을 위해서, 다른 사람을 향해서 글을 써야 합니다. 한 번은 흥미나 자신을 정리하고자 책을 낼 수 있겠지만, 두 번은 아닙니다.

생명과 우주, 진정한 자유와 평화, 사람의 영혼을 갉아먹는 불안과 불신, 지구에 만연한 고통과 분쟁들, 억울한 죽음들, 자연과 기후의 문제들, 대양과 우주에 떠도는 쓰레기들, 인문과 환대 정신 등 타자에 관해 꼼꼼히 접근하고 고민해야 합니다. 자신만의 기록이 타인을 향할 때 비로소 나의 고유성은 더욱 보편적인 세계의 중대한 논거가 됩니다. 그러려면 내 개인의 감상을 벗어 버리는 일이 필요합니다.

민정 씨가 생각하는 호흡이 긴 글, 외국어 등 글쓰기에 대한 큰 상상력이 멋있네요. 하나 덧붙이고 싶은 건, '칭찬은 독이다'라는 말입니다. 쉽게 칭찬에 길드는 건 두려운 일입니다. 이 시대의 어린이, 청소년 들은 귀한 존재가 되었습니다. 다행스러운 일이죠. 하지만 그러다 보니, 값싼 칭찬에 쉽게 길드는 것도 현실입니다. 조금만 지적받거나 비판받으면 쉽게 상처 입고 분노하고 인내심을 상실하는 모습을 보입니다.

하지만 지적받고 비판받고 인내하지 않고 인간은 결코 성장할 수 없습니다. 고통은 괴로운 것이지만 동시에 우리를 성숙하게 하는 힘이기도 합니다. 나는 민정 씨에게 냉정한 친구가 몇 명 있기를 바랍니다. 무조건 칭찬하는 일은 오히려 더 무성의한 일이기 때문입니다.

원래 성정이 따뜻한 민정 씨인지라 쉽게 감동하는 게 장점이기도 합니다. 그러나 이제 감동은 나만의 감동이 아니라, 다른 사람들과 나눌 수 있어야 합니다. 그러면 감동이 부족한 우리 사회의 모든 문제와 연결되는 좋은 글이 나올 수 있지 않을까요. 너무나 많은 사람이 다치고, 소외되고, 불행한 사회에서 나만 감동하며 산다는 것은 또 다른 모순이고 괴리겠지요.

책을 좋아하는 민정 씨는 스스로 주제를 찾고, 그 주제에 맞는 다양한 책을 만났으면 좋겠네요. 가능한 나를 성장시켜 주고 생각을 열어 주는 책을 만나길 바랍니다. 또 많은 종류의 책을 읽기보다 '한 권의 책을 여러 번' 읽는, 깊이 있는 독서 경험도 권합니다. 경험상 중요한 지혜는 깊이 읽는 가운데에서 나옵니다. 많은 책을 읽는다고 다 같은 독서가 아니더군요.

우리 시인들에게 늘 도전이 되는 문장이 있지요. "백 사람이 한 번 읽는 시를 쓸 것인가, 한 사람이 백 번 읽는 시를 쓸 것인가." 독서란 그냥 책과 만나는 것이 아니라, 거대한 한 세계를 마주하는 순간입니다. 때문에 독서란 정말 위험한 오지娛地의 모험일 수밖에 없지요. 화해나 희망이라는 단어는 그만큼 위험한 세계이기도 하구요.

책 한 권을 자세하고 깊이 읽는 철학적 독서를 나침반 삼아 또 다른 세계를 경험하고 이해하는 일. 자신만의 세계를 써 본 민정 씨가 즐겁게 떠나야 할 새로운 길입니다.

생산적 시간이 아닌,
창조적 시간을 가지려면

선생님, 새해 인사가 늦었어요. 언젠가의 해맞이는 선생님과 마주 앉아 달이 저물고 해가 떠오르는 것을 나누고 싶다는 생각이 문득 듭니다.

선생님 편지를 받고 나면 마음에 별이 총총 뜨고, 그 빛을 품어 걷는 날들이 이어지곤 합니다. 지난번 보내 주신 편지에서 '이제부터 글쓰기는 자신으로부터 벗어나 다른 사람을 향해야 한다' '나는 민정 씨에게 냉정한 친구가 몇 명 있기를 바란다'라는 문장을 고이 접어 마음속에 두었어요.

이 말씀을 전해 주시기 위해 꽤 오랜 시간을 들이셨겠구나, 짐작되어 더 깊이 와닿았습니다. 새삼 이런 말씀을 곁에서 나누어 주시는 어른이 계심에, 그 어른이 제가 "선생님" 하고 부르는 선생님이라 무척 감사드려요.

작년 가을부터 독서 모임을 시작했어요. 한 달에 한 번, 같은 책을 읽고 모여서 이야기를 나누지요. 어떤 날은 책보다 깊어지기도 하고, 어떤 날은 책 언저리에서 맴돌다 넓어지기도 해요. 『어떻게 죽을 것인가』를 읽고 만났던 연말 모임에서는 죽음을 주제로 별별 이야기가 오갔어요.

이 책은 하버드 의과대학 교수인 저자 아툴 가완디가 삶의 마지막 순간까지 인간답게 사는 자세에 관해 쓴 이야기지만, 우리 모임은 그 이야기와 더불어 '존엄사'와 '안락사', '자살'과 '왜 죽고 싶은가'에 대해 나누었지요. 특히 '왜 죽고 싶은가'는 '왜 살고 싶은가'와 마주하여, 사유하는 인간만이 가질 수 있는 가장 인간적인 질문이라는 점에 모두 동의했습니다.

서로가 죽고 싶었던 순간들, 죽음을 목격하거나 가까이에서 경험했던 기억들을 끄집어 내놓았지요. 죽음에 대한 이런 이야기들과 생각을 나누기 위해 모두 용기를 내고 있구나 느꼈어요. 독서라는 모험 중에 동지애가 솟아나던 시간이었습니다.

속독, 낭독, 통독, 발췌독 등등 독서법에 대한 구분법이 많지만 이렇게 다른 사람들과 '함께 읽어 본' 경험은 저를 한 발씩 나아가게 해 주리라 믿어요.

독서 모임 중 4차 산업에 대해서도 이야기 나눌 기회가 있었어요. 로봇이 노동을 대체하는 시대가 오면, 디스토피아적 세계가 열릴 수도 있지만, 유토피아적인 세계도 가능하다는 얘기가 나왔죠. 인간이 로봇을 이용해 마치 귀족과 같은 삶을 살 수도 있지 않을까 논했어요. 지금 우리는 노동에 대해 높은 생산성을 지향하지만 어쩌면 그러한 사고 자체가 현재의 자본주의에 얽매여 있는 것이 아닐지 생각해 보는 계기가 되었어요.

제가 문화생산자가 되고 싶다고 말씀드렸을 때 선생님께서 문화란 우리 삶을 둘러싼 모든 것이라 말씀하셨죠. 고백하자면, 저는 여행을 하거나 쉴 때도 '생산적인 시간'을 가져야 한다는 압박감이 있어요. 그래서 틈틈이 책을 읽고 글을 쓰는 건지도 몰라요.

새해가 시작되고 지금까지 제가 선생님께 드렸던 질문들을 가만히 바라보다가 생각했어요. 올해는 '풍미로운 시간들을 갖고 싶다!'라고요. 끊임없이 생산적 시간을 보내기 위해 달리기보다 창조적으로 충만해지고 싶습니다.

카페에서 커피를 한잔할 때도 커피 향기 그 자체에 취하고, 음악을 들을 때도 그 선율 자체를 만끽하고 싶어요. 글을 읽거나 쓰는 것도 마냥 저 자신을 채우기보다는 누군가에게 가닿을 이야기일지 고민하며 풍성해지는 경험을 하고 싶어요.

얼마 전 프랑스의 수능이라는 '바칼로레아' 문제들을 접하고 정신이 번쩍 드는 기분이었어요. 도덕적으로 행동한다는 것이 반드시 자신의 욕망과 싸운다는 것을 뜻하는가? 역사가는 객관적일 수 있는가? 지금의 나는 내 과거의 총합인가? 꿈은 필요한가? 이런 질문들이 있더군요.

빠른 결론을 요구하는 게 아니라, 생각의 끝까지 가 보고 그 탐험 중에 많은 걸 발견하게 도와주는 방식이었어요. 저도 그렇게 치열하게 고민하고 싶고, 또 다른 이에게도 그런 질문을 할 수 있는 힘을 기르고 싶습니다. 함께 생각의 지평을 더 넓힐 수 있겠지요.

여전히 갈 길이 멀어 보이지만, 새로운 한 해가 시작되고 있으니 다시 힘을 내어 보겠습니다.

언제나 질문에 소홀하지 맙시다

그래요. 다시 새해네요. 자연은 아무렇지도 않게 의연한데, 우리는 또다시 새로운 꿈을 짓고, 또 새로운 의미를 끌어냅니다. 어쨌든 새 출발은 언제나 고마운 것이지요.

1월에 백년어서원과 지구적세계문학연구회가 힘을 모아 '제3세계 문학포럼'을 열었습니다. 먼 데서 멕시코, 나이지리아, 필리핀, 대만 작가가 초대되었고, 우리나라 여러 학자와 부산 작가들도 함께 자리해 모두에게 의미 있는 만남이 되었지요.

초대된 외국 작가나 학자 들이 나름 감동해 돌아갔고, 이후 감사 메일을 보내줬어요. 지구적세계문학연구소가 포럼을 알차게 구성했고, 백년어서원은 3박 4일, 환대의 정신을 발휘했지요.

내가 전하고 싶은 건 포럼의 내용이 아니라 포럼을 개최할 수 있도록 도와준 사람들 이야기입니다. 민정 씨도 알다시피 백년어서원은 아주 작은 비영리 공간이지요. 비서구 작가를 중심으로 한 세계문학포럼을 열기에는 너무 소박합니다. 어떤 사람들이 보기에는 욕심으로도 보였을 거예요. 하지만 이 순수한 욕심에 많은 사람이 십시일반 몸과 마음을 보탰습니다. 모두 스스로 알아서 애를 썼고, 선뜻 물질로 후원해 주신 분들도 있었지요. 그래서인지 한 달여 준비한 포럼이 끝나도 내 일상에는 아무 물결도 일지 않았답니다. 사람들은 몸살 났겠다고 하지만 오히려 달고 있던 감기가 달아날 정도였어요.

백년어서원에서 늘 추구하던 환대의 정신, 공동체 정신이 아낌없이 발휘된 시간이었어요. 그래서 난 포럼보다 도움을 건네주고 '함께'라는 실천을 보여 준 손길과 발길에 더 감동했습니다. 그동안 고민한 서로의 학습이 비로소 반짝이는 비늘을 보인 듯해 참 고맙고 행복했답니다.

「고린도 전서」에 이런 말이 있습니다. "이제 때가 얼마 남지 않았으니 이제부터는 아내가 있는 사람은 아내가 없는 사람처럼 살고, 슬픔이 있는 사람은 슬픔이 없는 사람처럼 지내고, 기쁜 일이 있는 사람은 기쁜 일이 없는 사람처럼 살고, 물건을 산 사람은 그 물건이 자기 것이 아닌 것처럼 생각하고, 세상과 거래를 하는 사람은 세상과 거래를 하지 않는 사람처럼 살아야 합니다. 우리가 보는 이 세상은 사라져 가고 있기 때문입니다."

도대체 무슨 의미일까요. 얼마 전 이 글을 다시 보면서 새삼 이 시대의 절실한 지혜를 깨닫는 느낌입니다. 내 가족, 내 슬픔, 내 기쁨, 내 소유에 집착하지 않은 삶이 이 극단의 시대에 더 간절한 것 아닐까요. 해서 최근 백년어서원 죽간독서회에서는 '공유'에 관한 책들을 집중적으로 읽고 있습니다.

공유의 삶이란 도무지 불가능해 보입니다. 현재의 물질주의 현실에서는 그렇지요. '물건을 사고서 그 물건이 자기 것이 아닌 것처럼 생각하는' 능력이 우리에겐 없습니다.

나는 이 공유, 공존, 공감이라는 단어를 능력으로 생각합니다. 일상에서 만나기 어려운 강한 의지를 우리는 '능력'이라고 부르지 않나요.

금강경 사상의 핵심인 '빌 공空'과 공유에 쓰이는 '함께 공共'은 글자는 다르지만, 서로 닿아 있습니다. 내 것이 아니라는, 모두의 것이라는 생각이 있으면 바로 '空'을 깨달을 수 있습니다. '함께'에 닿아 있다는 것, '나', '내 것'이 아님을 안다면 얼마든지 공유하고 공존할 수 있지요. 내가 가진 돈이 '내 것'이 아니라, 모두 나누어 써야 하는 '모두의 것'이라는 이치를 알면 우리 사회는 얼마든지 넉넉할 수 있습니다. 그것이 무소유라는 가르침이지요.

무소유의 가르침은 연기緣起의 법칙에 닿아 있습니다. 난 불교 철학에 관심이 있어, 깊진 않지만 꾸준히 묵상하고 공부하는 편입니다. 또 힌두 철학이나 유대 신비주의, 이슬람 신비주의를 기웃거리기도 합니다. 예순 살이라는 나이에 이른 지금은 내가 기독교의 윤리에 깊이 접속되어 있음을 새삼 발견하면서, 동시에 이 모든 종교와 철학이 하나같이 생명의 진리, 시간의 진리, 존재의 진리임을 깨닫습니다.

오늘도 나 자신에게 질문합니다. 이것이 네 것인가? 이 돈이 네 돈인가? 이 집이 네 집인가? 아들이 네 아들인가? 내가 공한 존재임을 안다면, 내 것이 없다는 것을 안다면, 그 어느 것도 내 것이 아니겠지요. 아마 제3세계 문학포럼이 여러 사람의 칭찬을 받을 수 있었던 이유도 이렇게 내 것에 집착하지 않는, 많은 사람의 질문과 대답이 만든 열매이기 때문일 겁니다. '나'와 '내 것'을 벗어난다면, 우리 지구가 당면한 무수한 문제들을 조금은 해결할 수 있지 않을까요.

질문하는 힘을 기르고 싶다는 말, 반가워요. 질문을 소홀히 하지 않는다면 얼마나 눈부신 진실들이 우리를 따뜻하게 할까요. 진정한 미래란 제대로 볼 수 있고, 제대로 물을 줄 아는 힘에 있음을 믿어요. 그 질문이 우리를 글 쓰게 하는 힘이지요. 문득 만나는 날, 기대하며.

百年魚

김수우

부산 영도 산복도로 골목이 고향이다. 서부 아프리카의 사하라, 스페인 카나리아섬에서 10여 년을 머물다 귀국 후 1995년 『시와시학』 신인상으로 등단, 시인으로 활동을 시작했다. 시집 『붉은 사하라』 『몰락경전』 외 다수, 산문집 『참죽나무 서랍』 『쿠바, 춤추는 악어』 외 다수가 있다.
2009년 20여 년 만에 귀향한 부산 원도심에 지역서점이자 문화공간인 '백년어서원'을 열어 글쓰기공동체로 꾸려가고 있다. 이곳에서 너그러운 사람들과 종알종알 퐁당퐁당 지내며 공존하는 능력을 공부 중이다.

soowoo59@hanmail.net

김민정

장래희망으로 법관을 꿈꾸었지만, 법대 진학 후 두 번의 사법시험을 보고 깨끗하게 단념했다. 학창시절을 보낸 부산을 떠나 서울살이에 도전, 사람, 소통, 콘텐츠라는 키워드를 갖고 마케터로 일한다. 돈을 버는 직업인으로 일을 하면서도, 읽고 쓰며 사유하는 자아를 가장 소중히 여긴다. 독립출판물 『감동벽 기록증』을 펴냈다.
전공을 포기하고 방황하던 시기에 만난 김수우 시인은 늘 곁에 있었으면 했던 '좋은 여자 어른'이었다. 서로의 안부와 고민을 나누며 시인과 주고받은 편지는 불안했던 청춘, 고단한 서울살이 속에서 나를 지켜준 든든한 버팀목이었다.

www.instagram.com/janeor37

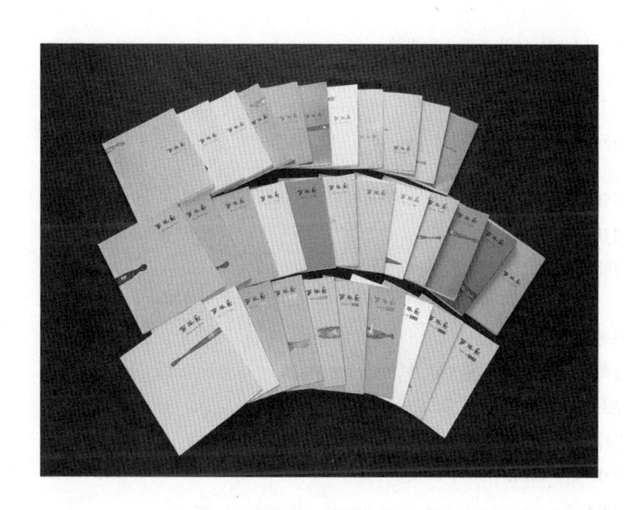

나를 지켜준 편지

2019년 1월 31일 초판 1쇄 발행
2020년 3월 20일 초판 2쇄 발행

지은이 김수우 · 김민정

펴낸이 천소희
편집 박수희
제작 공간

펴낸곳 열매하나
등록 2017년 6월 1일 제2019-000011호
주소 (57924) 전라남도 순천시 원가곡길75
전화 02.6376.2846 | **팩스** 02.6499.2884
전자우편 yeolmaehana@naver.com
페이스북 www.facebook.com/yeolmaehana
ISBN 979-11-961711-9-3 03810

이 도서의 국립중앙도서관 출판예정도서목록(CIP)은 국가자료공동목록시스템 (http://www.nl.go.kr/kolisnet)에서 이용하실 수 있습니다.(CIP 제어번호: 2019001264)

이 도서는 한국출판문화산업진흥원의 출판콘텐츠 창작 자금 지원 사업의 일환으로 국민체육진흥기금을 지원받아 제작되었습니다.

삶을 틔우는 마음 속 환한 열매하나